陈丹燕
旅行汇

跟屁虫进行曲

陈丹燕

陈太阳

浙江文艺出版社

我们一起旅行，那时候，就
以平等的身份，齐心协力，一起
面对一个陌生的圆世界。

陈丹燕

《我的旅行方式》

没有自己旅行的方式，即使走遍世界，也好似从未曾见到过它。

《驰想日——〈尤利西斯〉地理阅读》

与天书《尤利西斯》中的人物相遇街头。在文字上建立起来的方位感，让人觉得似曾相识，像是在自己记忆中模糊了往事，还有旧地重游般的对照与思忖。

《北纬78°》

见证神迹的极地旅行，寻找到造物主留下的指纹，让人能回归成自然之子，安然接受自然的抚慰与秩序。

《去北地，再去北地》

作者夫妇在俄罗斯旅途中，各自记录下自己的所见所闻与所感所思，这两本日记本，在出版后，才发现他们记录的竟是不同的世界。二十四年过去后，他们再启程。

《往事住的房间》

推开时间的房门，就能遇见早已堕入虚无中的往事正安然住在房间里。人们为了这样的心愿，在世界各地建立了博物馆，纪念不能忘怀的过去。

《咖啡苦不苦》

旅行中用来遮风避雨排解孤独的咖啡馆，其实也是人生散发着清冽苦味的教室。一杯甜若爱情、苦若生命、黑若死亡的热咖啡里，其实盛着人生。

《令人着迷的岛屿》

从没有一张旅游签证的国民，到世界最大量的海外游客，中国人用了十五年。2010年，爱尔兰旅游局根据此书路线专设中国游客文化旅行路线，爱尔兰总统麦卡利斯及丈夫马丁亲临新书发布会，并做专题演讲。中国旅行者从『会走路的钱包』，到拥有特设文化旅行路线，这是新的开始。

《跟屁虫进行曲》

二十年间，从大手拉小手到携手并肩，作者与她的孩子在旅行中见证了彼此的成长。一本旅行笔记渐渐成形，最终成为作者送给孩子的成年礼物。

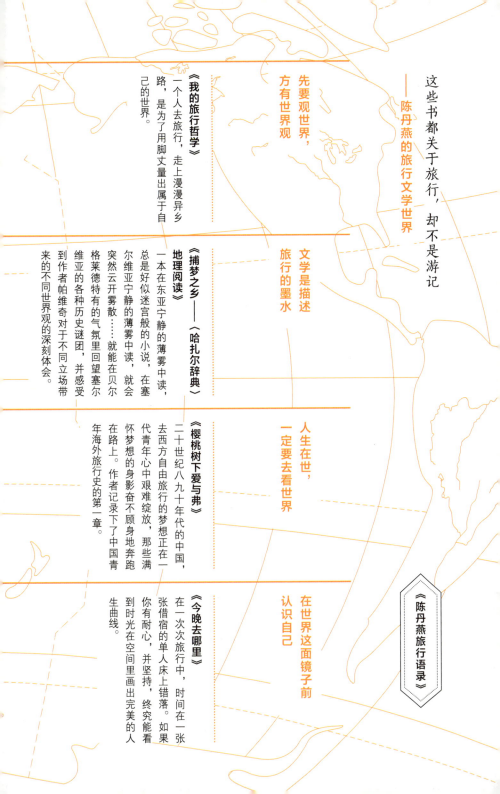

这些书都关于旅行，却不是游记

——陈丹燕的旅行文学世界

先要观世界，
方有世界观

《我的旅行哲学》
一个人去旅行，走上漫漫异乡路，是为了用脚丈量出属于自己的世界。

文学是描述
旅行的墨水

《捕梦之乡——〈哈扎尔辞典〉地理阅读》
一本在东亚宁静的薄雾中读，总是好似迷宫般的小说，在塞尔维亚宁静的薄雾中读，就会突然云开雾散……就能在贝尔格莱德特有的气氛里回望塞尔维亚的各种历史谜团，并感受到作者帕维奇对于不同立场带来的不同世界观的深刻体会。

人生在世，
一定要去看世界

《樱桃树下爱与弗》
二十世纪八九十年代的中国，去西方自由旅行的梦想正在一代代青年心中艰难绽放，那些满怀梦想的身影奋不顾身地奔跑在路上。作者记录下了中国青年海外旅行史的第一章。

在世界这面镜子前
认识自己

《今晚去哪里》
在一次次旅行中，时间在一张借宿的单人床上错落。如果你有耐心，并坚持，终究能看到时光在空间里画出完美的人生曲线。

《陈丹燕旅行语录》

目录

　　这里收集的是陈太阳五岁到十二岁之间写的旅行感想。她第一次要表达在飞机舷窗上所见到的世界时，只会写日期。她画了一封信，外公笔录下她第一封画出来的信的文字。第二次坐飞机时，她已经会写字了，可是用词不够好，所以她解释了感想以后，外婆帮她抄写了一遍。到第四次坐飞机，她开始可以写完整的笔记了。这些草稿保留了这么多年，外公已经去世了，外婆也已九十岁，不再能帮她抄写笔记了。而太阳也已经长大成人，她一直在世界各地飞来飞去，从苏格兰的荒岛，到伊斯坦布尔的茶摊以及东京的繁华地带，怎样的飞行都不再能让她惊奇了。

跟屁虫也有自己的眼睛

陈丹燕

2019 年 3 月 22 日

1994年7月21日

中国福利会儿童时代社

复习到这一次来也和到有写，匈区的日饭

1994年7月22日

儿童时代稿纸

(15×20＝300)

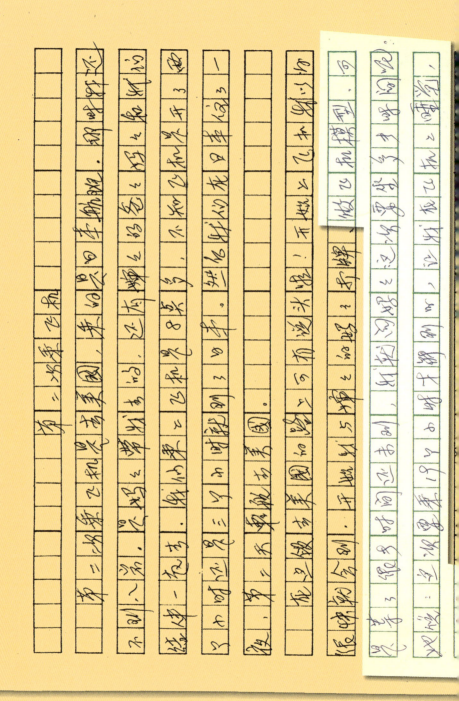

上海茶原纸品厂出品(原上海嘉定方茶纸品厂)

Sang. Good Benny!

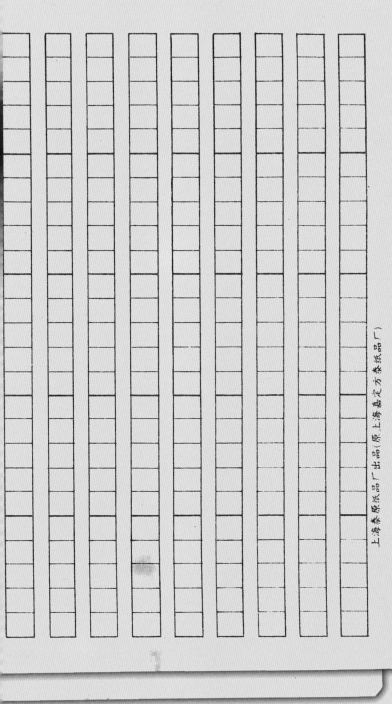

外婆抄写，写于 1996 年 7 月

第四只条飞机

加与大这次是我安全感，最强呢的护身，分三口一起去，从一刁飞

机上就有一股很强的睡意，因为坐33一夜的咬车没匜，从妈妈睡过的啊单句

睡醒了。我头躺在爸爸的腿上，脚放在爸爸的腿上，爸爸放在妈妈的腰

整个人涡是，咖啡扫把三了。把我的衣裤以的未的来以的来的脚家的是大是头了。咖面

一排排的人都便劲的向前手，表正呆，妈妈仿以妈身边匜受不33，妈脚家的是大是头了。咖面

不后按一天睡，妈便路低了。如何加次来飞机不一样的是，这我妈的得有啊

下火

可怕的时差

时差是一个很可怕的事情，时差就是各国国家之间时

间的差别。如果从公共中国到美国和中国的时差是了二个小时

就等于咖啡早晨。美国就是一的时间点。做也中国工作

的时间，就是晚上。美国睡觉的时间。时间点安

不里的晚上。睡不着，早上又是糊糊涂涂了事，下面时候

新纪一下。时差没（倒过来的事。修费遇。晚上来11:15

分上床睡觉，到12:00就醒。我的困是睡觉很香，在

我看来也简直比别的地方都醒多 12:00点。我醒3点后 继续

一直睡不着到6点的醒3为止。白天。也不一成白字星

6:30我才上床 7:10分吃早晨。给7:50 我就所始课堂

临作业（图画）到7:45回家，看11支卡，各着着着着就直接躺在地上睡觉着了。睡着看过了，被爸不肯起来记来。

流汗。哗啦，lanzang the table than E-mail。

绿条，这记条，尽是睡前面，在到1有二看一还们东，远很很走。

痛着时间，好好的吓那了回路痛足时间云五，一之安地收合。

睡狗，丽吃=睡包裹封"，睡睡觉睡觉时。已睡睡觉。

说就睡到中午12:00电不走的以学以和说的明到睡到明天一觉。

嘛！时光美丽的怕。

①睡眠、饮食的时间要规律，②有了身体也有一个……

但是不要太纠结，……你必要做……身体里的中调整……

如果……肚子……就是变化，也……正不规律后的……

②为什么……时……不要痛苦的吃了……记不住的……时的动物……

都……当在主想立，……手……摇……摇……篮……，②也……身……就定……

在……路上……了一次……今……了……没……喝……适度……了

Home alone

在美国和一家子在一起

起先，妈妈和叔叔阿姨一起去别局，叫一个人在家里做数学题，心里...里
不怎么怕，后来做数学题 做功时他们这个回来数就来坐了一会儿，书始来说西...
望房间里有怪声音，我心里有怪。虽然好关门，还是未尽力路过，这是未有分瓦有怪的声音。
可我还是怕，一家人家的空调机器 一直响，又怎么心，这就不响，然后又开 一些...
的响。我不和爸爸他们要去多代时间，但我觉得每1秒钟都过得非常慢，对着...
面的邻居开始跳舞。他老是把头水深这 我觉得他的脸色...
音。不过想到我水流流时也 时常把水 用管水射得老远射到人家的脸色上升
也不去责怪他什么，刚想到这心，电话铃突然响回里，就响的心产的系统升
的都去洗。先是一个女孩弹了好些个什么小糟的英文 接着叫你家 是一个男的直音说：

20!一我以为是数就没听清楚。我听到电话铃响 的同时，身体都哆嗦了—
下。差点从椅子上摔下来，还时又开始的大风刮大双，愁那阳光 明媚，但忽也冤不
了口欧不欧。风一吹，门口的大风吹就说"叮咚咚"，叮咚铃" 回叫不停像
愁，我心里还这个慌呀！怎么这个愁！我就开始帮他们们帮口叫回

20分钟半5分钟. 不安半个小时吧! 看! 她们好不好受书回. 乳是陪你玩玩去

看医生. 不是她们就把她给忘了. "哎, 你呀?" 地下室有声音"

"地下室的们去自动开吗?" "你还坐着不来吗?" "我把气转吗?" "咔咔

人3岁才不想你会有额呢. 我不要大防官啊!" 我们会听, 坐了我听

初康阿姨康 知好与的话说这. 我近 是不放心. 好看好给他下啊会的

刀. 再也快快地跑进去开刀. 一遍门就看见我会心脸上带着一句红不

你太阳镜, 我听了一眯,

好不是场惊. 进了一小时多一会, 我就才发现我卧的吸. 我. 永涂. 直到

行. 远说话的声音都有. 急. 料了. 我想, 我也不想. 一小会

在美国我一个人在家—— Home alone

好妈妈根本说，其实是地就…让一个人在家假惺的，那…在不…是很的 呵呵

正…是挂过来了吗！接下来我决议…取 就开始解…解取得产者…那机密的所居

是水满处走走来的，如下屋里…即没的产者正 去逆和"好的来自，屋派…一味

的比较…是围…卡阳口回…过 在木板发3起 之"云"泱开，现在我明白了

所有的产者都…是很正常的，好的认为…不用帕可惜，私区是的，她乃享

更没办法…吗！

1999 年 8 月

Ticket 10 + 15 + 526 + 15 + 10 + 3 00 = 579. ✓

Food: 23 + 7 + 6 + 7.25 + 1.75 + 12 + 24 + 45 = 102
                                    45

Shopping: 4 + 7 + 34 + 64 + 10 + 4 + 7 = 132.

Museum. 25 + 10 = 35 45

Ticket. 10 + 15 + 526 + 15 + 10 + 3 = 579

Food = 7 + 23 + 6 + 7.25 + 1.75 + 12 + 24 + 15 + 11 =
                  45.75

Food = 7 + 23 + 4.5 + 1.75 + 6 + 9 + 12 + 24 + 19 = 106.25

Shopping = 4 + 5 + 34 + 64 + 10 + 4 = 124

Museum = 25 + 10 + 7 = 45

9. 资料的准备.

资料的准备和准备地图一样重要。这些资料是指什么呢？当然包括

地方往往备古的纳纳角。地方的纳有地图。这些地图，你不可能一下两下就贴马上有刊。

你还可以去图书馆去借一点这些地方的这书。这书上会记载着那里的版

游做些和那些那地图。也会告诉你们那的一些历史，和发生在那儿的一

些故事。等了解了那儿的一些故事后，你再去那游玩的话，就

会知道。哦！原来就是在这个地方，发生过这样一个美丽的故事。

　　这是我写的第一本书，所以我不会写前言，我只能写实话。在旅游的时候，我是一个"跟屁虫"。

　　那是因为旅游的时候总是要换不同的环境，我晚上不敢一个人睡觉，我就要和我妈妈睡一个房间，还一定要和她睡一张床。知道这件事儿的人都叫我"小跟屁虫"，我很生气，可是我确实这样，晚上睡觉，跟着，白天，旅游的时候我总是要跟着的，这是不得已的。但跟着妈旅行的时候，我也会用自己的眼睛去看世界，我往往看出的东西和妈妈的不一样。她喜欢的博物馆我不喜欢，我喜欢的环球影城和迪士尼乐园的刺激游戏，她也不喜欢，她总是喜欢那种文艺复兴时期的东西，和老家具啊、古董啊之类的东西，她说我喜欢的都是一些破玩意儿，我说呀，她喜欢的才是呢！旧东西上总有一股臭味儿，可她却说那是木的淡香，哎～～～！

　　但是，这本书，绝对绝对是我这只"跟屁虫"用自己的眼睛，看了之后再写的，我表达了我自己的思想，不喜欢的东西就是不喜欢，我喜欢的就是我喜欢的。不管别人怎么说我是小傻瓜，一点儿也不懂，我也一定要坚持己见，这样写出来的东西才真实，这一本书，全是用一个小孩子的眼睛，看成人的世界，不会有虚假的东西。

写这本书是非常辛苦的，我到后来都不想写了，还是妈使劲地催我叫我快写，我才写出来了！

最后，我想感谢三个人：

1.是我妈，是在她的跟屁下我才写出了这本书。

2.是班马叔叔，要不是他说，如果我不写他就吊死在我家门口，我也写不下去。

3.我还要感谢我的外婆，她帮我抄过文章，我还要感谢康康阿姨，她帮我挑过错别字。最后我要感谢的是柏老师，他让我宣读文章，并常常对我的文章提一些意见。有了他们这些人的帮助，我才写下了这本书。

陈太阳

2001年6月1日

新泽西和纽约

1998 年

那是个黄昏，我和太阳到中央公园去画画。一般情况下，这一天里，想要看什么的计划都完成了，在黄昏的时候，心里总是会轻松些，哪怕是在旅行中，也是这样。这时候就总是可以放任自己，算是对自己的奖励。我们去中央公园的那个下午，就是这样。当然我们也想到了 E. B. 怀特写的《精灵鼠小弟》，那个古灵精怪的小老鼠斯图尔特在"微风习习"这一章里去赛船的中央公园的水池，The Pool。太阳小的时候，在睡前要讲一个长故事，像电视连续剧那样，一天讲一点，可是每天故事都在进行当中。有一次，我们讲的就是《精灵鼠小弟》，那时候，我们就知道有一个水池在中央公园靠第72街的地方。这一次，我们从第80街左右的地方进去，想要逛逛。还有一次，我们在太阳小屋子的床前讲到了《珍妮的画像》，一本薄薄的幻想小说，写的也是中央公园的黄昏，一个饿着肚子的画家在一个结了冰的小湖旁遇到了一个活在许多年前的小姑娘。其实，中央公园总是和一些幻想中的故事联系在一起，在上海的发红的夜空下，对我和那时很小的太阳来说，都像是一个幻梦一样。

中央公园里面长满了树林子，在绿色的草坡上，站着一个树冠圆圆的树，也许它是樟树，也许不是，可是有着樟树的秀丽和清爽。

太阳穿着一条大裤子，是Flushing（法拉盛）附近的韩裔孩子中流行的那种wide leg（阔腿裤），是这次买的。大裤子呼啦呼啦地在她走路的时候发出响声，她心里大概有一点得意，因为她的脸上特别做出了不在乎的样子。我们经过Strawberry Fields（草莓园），看到一些中年人在那里的绿色木头椅子上晒着太阳读书，有的人歪着头在想着什么。然后我们又经过了一个嵌在地面上的马赛克纪念碑，上面刻着一首列侬的歌的歌名，列侬就是在这里附近的街上被杀的。

"列侬是谁?"太阳问。

"你不知道他？ Let it be. Let it be.（就这样吧，顺其自然。）"我奇怪地问，我总是在家里听他的歌啊，有时是从前的密纹唱片，有时是现在的CD，于是我唱给她听，她摇头。列侬的时代离太阳很远呢。

"是wide leg裤子的祖宗。"于是我说。

"Wow."太阳说。

树林子很美，因为晒了一整天的太阳，它们在黄昏的时候散发出温暖的阳光的气味。有蓝色的小木船在绿色的湖水上荡漾着，撑船的人戴着扁扁的草帽，穿着蓝白横条子的水手衫。我们在那里停下来，透过那一片湖，还有树林，后面能看到的房子便是列侬在曼哈顿的家，他就是在那栋楼的下面被一个崇拜他的人杀死的，因为那个崇拜者认为要是列侬不死，会慢慢地变得不那么杰出，而他就是那个帮助耶稣上十字架，成为圣人的犹大。我要在那里画湖和列侬的房子，那是我喜欢的歌手。

太阳画了一个在草里找到的红色甲虫。

我们又穿过了一些高大的树林，那里有一些木条子的椅子，还有落叶，鸟在林梢上叫着，时常让人就忘记了这是在曼哈顿这样寸土寸金的地方。在第80街的一间公寓要租到两千美元一个月的贵地方，还有这样大片的树林和湖，还有各种各样的小鸟，只活一个夏天的小虫子们住的自然的地方。想到从前日本人很有钱的时候，曾想要买下中央公园做游乐场，但被纽约市民断然拒绝的事，真的要恨日本人只有那种机器才有的念头。连到了迪士尼，玩得脚上走出大泡都不知道的太阳，都不愿意把中央公园变成游乐场。

"不好的。"太阳说。

我们看到了水池，黄昏的时候是静静的，有着亮闪闪的美丽水波。像怀特在书里写到的一样，也有"微风习习"。围着水池的岸上，有一尊安徒生和丑小鸭们的铜像，这里是孩子们周末听故事的地方，有一块小牌子上说，早上十点钟，可以到这里来听故事。

"中央公园的人们一听到有身穿水手服的小人在开船，就纷纷向池边跑去。不一会儿，池子四周就挤满了人。警署派来了警察维持秩序，警察劝告大家不要再挤了，可谁也不听。纽约人就喜欢挤在一起看热闹。"那是书里的，在我读到这本书，打算翻译成中文的时候，太阳还要过六年才出生。那时，中央公园里赛船的水池遥远得我以为一辈子都不会看到的，或者是，我以为那根本就不是一个真实的地方。我也不知道T-shirt就是汗衫的意思，在

1978年出版的英文词典上也查不出来。"海鸥在天上盘旋着,不停地发出叫声。第72街上传来了汽车喇叭的嘟嘟声。微风沙沙地唱着歌,轻轻掠过甲板。几片轻盈的波浪扬起,水汽拂在斯图尔特的面颊上。'这才是我的生活。'斯图尔特自言自语。"在这个黄昏,我和太阳也感受到了夹着清凉的水汽和喇叭嘟嘟声的中央公园水池的微风了。

在太阳小床前读出来的那些书中句子,成了我们眼前的情形。

太阳过去爬到安徒生铜像的腿上,躺在那里。不晓得一个孩子的心里会不会也像我这样被时光和现实感动了呢?

太阳可以说出她生气的事,高兴的事,得意的事,可是她不说自己伤心和感动的事,她像一个贝壳一样,遇到这样的事就慢慢地,但是坚决地把自己关起来,要是有人在外面敲门,她就会关得更紧。我不晓得是不是孩子都是这样的,我自己小时候也是这样。

所以我没有去打扰她,但是为她照了一张相。

有一辆警车沙沙地路过这里,到了黄昏的时候,警察总是劝告人们不要在中央公园没人的地方流连,常常有人在这时候被侵犯了,报纸上常常有关于中央公园暴力事件的新闻。这里已经不是书里写的那样的桃源了。

那个穷画家,在结了冰的中央公园的小湖上,与一个自称是珍妮的小姑娘一起滑冰,"四周的景物越来越晦暗,飞快地移动着,越来越不真实",我还可以记得书上那样写道,在中央公园才会有的神秘黄昏里,阴阳阻隔的两个人,在被树深深包围着的小湖上飞快地滑着冰,发出笑声,还产生了爱情。我记得在看这本书的时候,我心里希望自己也能在中央公园里遇到这样一个从神秘的世界里现身的人。

　　然而，中央公园因为大，因为有太多的树林和隐秘的小湖，而常常发生的犯罪，对我和太阳来说都是个打击。但是即使这样，我们还是希望它在曼哈顿的中心地带，像一个大都会里的梦想一样。无论如何，曼哈顿真的是因为它而可爱的。

1998年 新泽西和纽约

◆ 纽约中央公园安徒生铜像

第
五
大
道
上
的
小
姑
娘
店

　　米高梅商店和迪士尼商店很像，都是生产动画片的电影公司开的商店，卖的东西上都有他们自己电影里的主人公的形象，哪怕是一支吸管，上面也会有一个软塑料做的小人，是《风中奇缘》里的那个印第安公主。当然，最多的是卡通片里的主人公娃娃，做得和电影里一模一样，最大的一只黄色小熊，和十岁的太阳一样高，太阳想要抱着它照相，可它差点把她压了个大跟头。那是最大的一种，而最小的小黄熊，是吊在钥匙圈上的塑料娃娃，更小的，是一套米妮老鼠的耳坠和项链，只有一粒米那么大。太阳买了一套挂着，可那用夹子的耳坠太紧了，太阳马上又把它们从耳朵上扯了下来。她只有25美元零用，她觉得自己真是太亏了。

　　那里的店堂很亮，因为有各个地方去的兴高采烈的小孩子，所以看上去也很活泼。有的小孩赖着大人要买东西，可是被大人义正词严地拒绝了，所以你就可以看到几个磨磨蹭蹭、拉着一张长脸的孩子，扫兴地跟在大人后面，不过这样的人到底不多。

店堂里还可以看到许多正在买玩具、买印着卡通脸的恤衫的大人，特别是那种脸和脖子都晒得红红的人，好像是从田纳西那样的中部来的，他们比孩子还要高兴，粗粗的手指夹着一张信用卡，怀里抱满了毛茸茸的娃娃或者细腿大脚的米老鼠去账台付账。我想，他们的小时候一定也是看着那样的卡通片长大的，在中部的田园里长大的时候，一定也梦想过有一天要到第五大道来，亲手买一些在电视里那么有趣的主人公娃娃。或者他们根本就是小时候来过这里，被大人拒绝过，如今一定要补偿自己的人。能摸到电视里的卡通人物，一定是许多人的梦想吧。

太阳像梦游一样的，抱抱这个，又抱抱那个，她不停地在嘴里嘟囔着："哎呀，高飞狗，哎呀，木法沙，哎呀，叮克玲，哎呀，黄狗，哎呀，唐老鸭，哎呀，彼得·潘，哎呀，恶毒的皇后，哎呀，小猪鲁尼。"那都是她童年时心爱的人物，在黄昏的电视里，陪着她长大。当她走上楼梯的时候，有一个南亚的小姑娘正抱着店堂里的一堆长臂大猩猩照相。太阳惊喜地看着她，她这是第一次知道原来南亚的小姑娘也喜欢它们，那大猩猩玩偶是太阳六岁时候的礼物，天天晚上和她一起睡觉。

这也是四海之内皆兄弟呢。不过小孩子们并不彼此握手拥抱，他们对别的人差不多视而不见地在放玩具的架子前穿梭，有时店员裹着围裙，将放着水果糖的小篮子递到他们面前，想要让小孩子们感到更舒服，可他们大多来不及理会。倒是大人会取上一粒糖。一个人长大以后就不怎么吃硬糖了，放到嘴里去，硬糖的甜，让人回想起童年时对糖的馋，特别是晚上刷了牙以后，真是馋到肚脐眼里了。

在第五大道的米高梅和迪士尼店里，小孩子们与他们童年时

◆ 纽约8月，生日

跟屁虫进行曲

的卡通电视人物照相，大概和大人在白宫遇见了总统，和他一起照相，是差不多的意思吧。

一张，一张，又一张。太阳突然停下来，惊惶地揉着自己的眼睛说："我看不见东西了。"

那是闪光灯晃的。

高潮是在广场酒店对面的施瓦兹玩具店，那是第五大道上最大的玩具店，有的旅游书上说它也是世界上最大的玩具店，我想施瓦兹应该是一个德文的名字，在德文里，那是"黑色"的意思。进那家玩具店前，太阳问可以在这家店里花多少钱，我说，50美元。

那里真的是小孩子会发疯的地方，就像非常想买东西的大人突然到了第五大道上的老太太店里也会发疯一样。所有的玩具都可以动手玩，如果是新玩具，店里还特别雇了暑假打工的大学生来教大家怎么玩。没走几步，我们就看到一个很瘦的男孩子坐在一堆玩具摇滚乐器里面，满头大汗地玩着一把电吉他。太阳扑过去玩那套非洲鼓，在上面打出点子。从前去多伦多玩的时候，在老城的一家非洲人开的鼓店里，她玩过鼓，店主还出来教了她两手，所以她认为自己很非洲，拿出了非洲人的架势。

在楼上卖娃娃的地方，我们看到了一个穿粉红衣服的真人芭比，金发。像那支歌里的芭比一样，发出美国的嗲女生捏着嗓子的声音。她领着认出她的孩子们去参观芭比娃娃的柜台，然后，在粉红色的桌子前坐下来。她问了大家的理想，还为他们读了一本童话书。太阳目前的理想是参加每年二月的纽约玩具博览会，然后在那里一举成名，做世界上最运气的玩具设计者，因为她喜欢画画、手工，还有玩，但她并不知道从现在到一个玩具设计者，参加纽约玩具博览会，中间有多少路要走。不过太阳并没有告诉芭比她的想法，她悄悄地站了起来，走开了。

"不好玩吗？"我问。

"太幼稚了。"太阳说。

也许这就是太阳要把自己的芭比娃娃的头发剪短的原因？

在一条走廊上，我们看到了一些用像人皮一样柔软的塑料做成的眼珠子，眼白上还画着逼真的毛细血管。它用的塑料特别凉，潮乎乎的。这是一种放在手里捏着吓人的玩具。在新泽西的大商场里面专门有这样卖恐怖东西的商店，还有一种橡皮做的鱼，被钉在木板上，插上了电，就会冷不丁挣扎着在木板上摔头拍尾，像妖魔附身了一样。太阳喜欢这样的东西，可又不敢去碰它们，内心挣扎得好辛苦。

施瓦兹里面，总有上万件玩具吧，可能不止。太阳就这样，一件一件，摸过来，玩过来，连小小孩玩的电脑控制的识字板也没有放过，因为她小时候没有玩过同样的东西。你想时间怎么不会像飞一样的过去呢？我们怎么会不累死掉呢？像大多数人那样，我们没有买玩具，我想是因为贵，也因为早已经看花了眼，不知要买什么了，只买一件东西，心里显然是那么的失落。

太阳最后买了各种各样形状奇怪的糖，一些放在透明圆桶里的E.T.，还有些长条的蛔虫糖，身上还有着斑点。一些糖粉可以把整条舌头都染成紫色的。

这一天回家时，我带着一个脚上打了泡，拖着一条紫色的大舌头的女孩子，像艺术史专家到了佛罗伦萨，天主教徒到了梵蒂冈，太阳全身都沉浸在对玩具的沉沉醉意里，在路上走着走着，就斜了过去。

◆ 纽约第五大道玩具店

哈得孙河上的岛，是个小岛。从前这里是纽约1892—1954年移民高潮时的移民局，有1200万人通过这个地方进入美国，成了美国人。现在移民局不用了，就变成了博物馆。

那时候，突然有这么多人到美国来，美国人怕他们把全世界不同的传染病都带了来，所以这1200万人，必须要住在这个岛上的移民局房子里检查身体，还要通过海关，才能住到美国来的。他们在岛上每天都吃同样的饭菜，天天在同一个嘈杂的环境里生活。要是检查下来，身体不合格的人就得跟着带他们来的船再回去。但来的人，都是变卖了一切，带着亲人一起来的，再让他们回去，就等于要回到一无所有的地方去，现在又得了病，这不等于要他们死吗？

可是，新的移民还是不停地跟着船来了，在岛上等着检查身体的人也一天天地多起来。岛上的人总是天天都过着紧张的日子，他们怕检查不通过，要被赶回去。所以他们中有一些人就受不了

1998年 新泽西和纽约

◆埃利斯岛

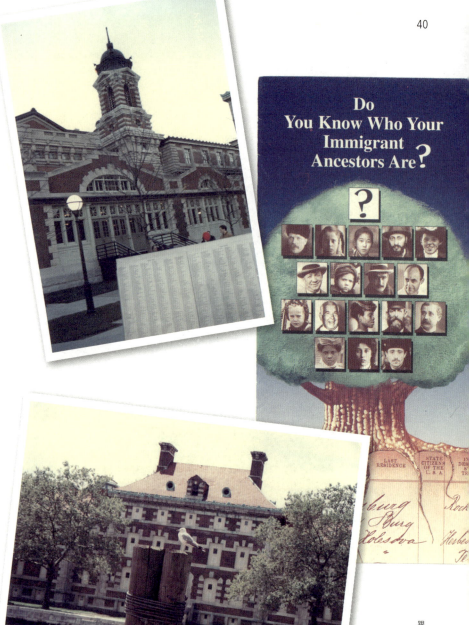

Do
You Know Who Your
Immigrant
Ancestors Are?

跟屁虫进行曲

Published by The Assoc
Migration Institutions
The association has me
Finland, Germany, Gre
The Netherlands, Norw

**A KEY TO YOUR
NORTH EUROPEAN
ROOTS**

自杀了。其中大多数人是上吊自杀的。

直到这个岛上的移民局关闭以后，才统计出来，这快要一百年的时间里，有3000人是在这里自杀的。

移民局关闭以后，这里成了博物馆。要是你的祖先是经过这里到美国的，现在可以在院子里的姓名墙上找他们的名字。我在博物馆里查到了第一个通过这里到美国的中国人，他姓印。

可是，为什么说它是个闹鬼的博物馆呢？

因为到了黄昏的时候，上岛参观的游客中，总是有很多人能听到椅子被踢翻的声音，然后就会有人很轻地说："Help me. Help me.（救救我！）"这是真的，有一些人能听到它！都说是那些在等待中自杀了的鬼魂显灵了。

太阳说，刚刚踏上这个岛的时候，觉得这地方挺好的，有花有草，房子造得也好看。走进博物馆也没有别人说的那么吓人。

"我在博物馆里看到了许多东西，有当时人们留下来的箱子、衣服、小银杯子。他们把东西用厚布裹起来，像个枕头一样。有些意大利人和苏联人把他们的《圣经》也带来了，大概他们要乞求上帝保佑吧。还有一个工匠把自己的工具也带来了，大概他想到美国以后，用这个维持生计吧。

"当我在博物馆里看了当时的电影以后，才知道，这个岛上原来的房子很破，睡觉的地方都是分四层的，要三十六个人合用一个房间，一个房间里才六个水龙头，三个洗脸池子，而且二十四个人挤在十二个人用的桌子上吃很差的饭菜。还有人一定是吃不了这样的苦，就死了。他们一定没想到这么不容易。

"他们就变成了鬼，永远住在那里。

"现在的人都是乘飞机到美国来，去移民局也不用在那里住几

　个星期，现在的移民很幸福了，但是可怜的鬼不想现在的人忘记了他们，就在黄昏的时候显显灵。"

　　太阳说："妈，我肚子饿了，咱们走吧。"

　　她不想等到太阳落山才离开。

在陪太阳穿过曼哈顿的上城到布朗克斯动物园的时候，我突然这么问自己，我上一次是什么时候去动物园的？我想了想，好多年以前，太阳四岁的时候，我陪她去的。那次她玩得晚上尿了床。

为什么一个大人一定是为了陪孩子才会到动物园去呢？也许是因为大人对动物不再好奇？生活里让人操心和好奇的事情太多了，顾不上动物了。

到动物园的那天，下着夏天的大雨，许多小孩都在动物园的卖品部里买雨衣，太阳也是，那是件鲜黄色的雨衣，上面印着黑色的动物，长颈鹿、大象，还有独角兽，那是布朗克斯动物园的镇园之宝。

我们看到了各种各样的猴子，有从非洲来的，也有从亚洲来的，不知为什么，我总是感到非洲的猴子还是比较像非洲人，而亚洲的猴子也有一些亚洲人脸上常有的冲和之气。太阳在外公那里学到了马克思主义的历史观，她很遗憾那些看上去那么聪明的猴子当时没有好好干活，所以无法变成人类。而她则一直是个勤劳的孩子，当零用钱不够的时候，就在家里找一些事情做，用来挣零花钱。

还看到许多老鼠，他们的家在地道里，可是地道的一面是用玻璃挡着的，所以我们在黑暗的展室里能看到老鼠在地道里的作为，他们用自己细小的粉红色的爪子做着家务，太阳说他们很像我在做家务的时候。

我们也看到了真的企鹅，真的像穿着燕尾服的中年绅士们，缓慢地，柔软地，轩昂地在冰上走来走去。

在许多鱼里面，我们看到了一条非洲的鱼，长着与我们两个人的脸十分相像的脸，这是我们第一次看到与我们陈家的脸那样相像的一张脸长在一条鱼上，特别是侧面。我们和那条鱼在一起照相，等它把脸侧过去的时候，我们也把脸侧到和它一样的角度。周围的人看到我们这样，也发现了我们长得像鱼，都微笑地看着我们。太阳说："很可能我们是很早的人类，我们根本就是鱼变的，直接从大海里来的，不是猴子变的呢。"这是我没有想到过的，但是对那条鱼还是抱着特别亲切的感情，就像是我们的亲戚那样的感情。

在鸟类馆里，我们看到了南美森林里非常美丽的鸟，真的没有想到世界上还有那样颜色鲜艳的鸟，像画上去的一样。那些美丽的小鸟和大鸟让我们惊呆了。它们在大叶子的热带雨林一样的树间飞着，或者立着，发出嘹亮的，像人在长啸那样的声音。在刚刚听到第一声时，我们真的以为是哪个正在变声的男孩子在恶作剧，后来才意识到是一种大嘴鸟在叫，它已经非常美丽了，可还有更美丽的，那是一种像孩子手掌那么大小的，玲珑的小鸟，明亮的蓝色的肚子，鲜红的尾巴，黄色的头，像一个害羞的女孩子的眼神一样温柔而迅捷地掠过。要不是和太阳一起来动物园，我一定看不到这样美丽的，让人印象深刻的小鸟。离开鸟类的馆，我和太阳都学会了像南美洲的森林里的鸟那样叫，我们去看长相难看极了的火鸡，一路上就这样叫着，把自己想成一只鸟。

在外面长着树丛的大笼子里，我们看到了兀鹰。也看到了送给它们吃的兔子，已经被杀死了的，除掉了头和皮毛的兔子肉。我想大概是不要让孩子们看到弱肉强食的可怕，所以才用这样的兔子喂老鹰。这样，老鹰就再也没有机会练它那一身武功了。

看到了活的动物，太阳和所有的孩子一样都高兴极了，一点也不在乎整天都淋在雨里。为每只从土包后面踱出来的白色的老虎欢呼，叫每一只非洲狮子辛巴，那是《狮子王》里的小狮子的名字。不论是大孩子，还是小孩子，他们都为那些活着的动物欢呼。孩子们总是在有独角兽的地方多停一点时间，它是一头褐色的动物，像一头小象的样子，也有一点像小河马，就是在头的正中长了一个弯弯的角。一块牌子上说，它是世界上唯一活着的几头独角兽中的一头了，它们就要灭绝了。看上去，它像是知道自己的处境一样，远远地看着它，能看出它的寂寞和认命。

太阳是个乐观的孩子，但是那天她看着独角兽说："等我长大以后，肯定有好多本来好看的东西都已经死光了，我的孩子就看不到它们了。"

这可真是让人伤心的话啊。

太阳狠狠瞪了我一眼，从牙缝里挤出一句话来："哼！你们大人干的好事。"

康州和纽约

　　这一年，太阳在康州小镇上读七年级。

　　彼得·潘公司的长途车司机是个大个子的黑人，他是个真正的黑人，有很柔和的、宽大的脸，类似《汤姆叔叔的小屋》里的那一种，而不是混血了以后，脸相变得凶悍而精明的那一种黑人。而且，他也没有把车里的冷气开得像冬天一样冷，他不浪费。这一切都让我和太阳高兴，我们要搭这辆彼得·潘公司的长途汽车，从新英格兰的小镇到纽约去，就像那个到纽约时代广场去安家落户的蟋蟀切斯特一样。那是一个在美国小孩里有名的幻想故事，叫《时代广场的蟋蟀》。太阳在社区图书馆里借了录像带来看过，两块钱借一天。我大学时代用这本塞尔登的小说，还有怀特的小说《精灵鼠小弟》等等一系列，来写毕业论文，所以我们都知道这个故事。太阳在座位上把自己安顿好了以后，露出她的两颗松鼠板牙笑着说："我们就是两个从康州到纽约去的乡下蟋蟀。"

　　太阳住的Wethersfield（韦瑟斯菲尔德）小镇上有许多种小生

物。凉爽的夏天，康州的蟋蟀就在大橡树下或者草里的什么地方高声地叫着，而莱姆虫则阴险地在草丛的深处躲着，等待着把大头针那样的毒嘴悄悄插到人的身上的那一刻。黄昏的时候，高大的橡树下到处都是浮游着的萤火虫，小时候的太阳最喜欢去抓它们，把它们放在一个玻璃瓶子里，扮演中国古代苦读经书的人。

直到大雪降临到小镇上，屋后面的树林落尽了绿叶，屋前的橡树发红的叶子也全都被大风吹走了，一切都变成了白色。于是，小镇上只能听到大雪沙沙的声音了，像一床鸭绒被在深夜时发出的声音一样。而在这一切都没有发生的时候，到处是绿色的夏天，故事里的蟋蟀切斯特，就已经搭车到纽约去了。像我们一样。不过它没有买票，甚至没有像太阳那样，买一张十二岁以下孩子用的半票。

太阳在小镇中学里借读一年，七年级。她过着一个小孩子安静的日子，为自己的回家作业得了法比欧小姐的一个check plus（优秀）而高兴不已。为了保持中文程度，她的回家作业是要写中文的作文。她就开始写《历险故事》。她的历险故事，不过就是与小朋友在屋后的树林子里装扮人猿泰山。在学校朗诵比赛时，她选择了诗人罗伯特·弗罗斯特的诗：

> 我知道谁是这林子的主人，
> 尽管他的屋子远在村中；
> 他也看不见我在此逗留，
> 凝视这积满白雪的树林。
>
> 这树林多么可爱、幽深，

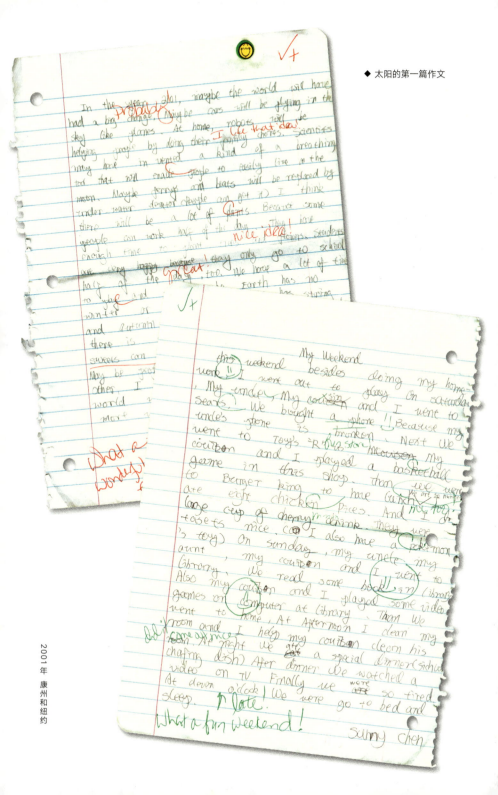

◆ 太阳的第一篇作文

但我必须履行我的诺言；

安寝前还有很多路要走啊，

安寝前还有很多路要走。*

　　我很希望太阳能在一个安静的乡下地方，自然健康地长大。但太阳却说她自己生来就是闹市中的中国小孩，最喜欢的就是街上挤满了人，每个人都哇啦哇啦说话，而且不住地往地上乱丢垃圾。"只要不太恶心就行。"她所说的垃圾还要长得比较好看。

　　康州的公路两边都是高大的橡树、枫树林，还有白桦树林，它们是最苗条和清秀的，像女孩子那样站在草坡上，在夏天的风里婆娑摇摆。这时太阳躺在我的肚子上睡着了。渐渐地，公路变得繁忙起来，树也就不那么好看了，各种各样的汽车往纽约的方向飞奔，载重卡车发出雷霆万钧的响声，也有人开着特地拆了消音器的车在我们的窗下飞驰过去，发出暴力的声音，像在电影里看到的情形一样。这时太阳从我肚子上一蹿而起，扑向窗子。太阳和我都看到了开车人一晃而过的手臂上，有一大块刺青。

　　"哇!"太阳起哄，"我激动来!"

~~~~~~~~~~~~~~~~~~~~~~~~~~~~

*选自弗罗斯特的诗《雪夜林边逗留》，原诗：

Whose woods these are I think I know.

His house is in the village though;

He will not see me stopping here

To watch his woods fill up with snow.

The woods are lovely, dark and deep,

But I have promises to keep,

And miles to go before I sleep,

And miles to go before I sleep.

到了新泽西花园道的大桥上，只见到宽阔的公路上满满的红色尾灯，个个都在飞奔向前，雷霆万钧地冲向荷兰隧道，像《狮子王》里面的动物狂奔一样。

"哇。"太阳说，看上去却有点害怕起来。

"你知道叶公好龙的故事吗？"我问太阳，"就是说一个人喜欢龙，什么东西上都用龙的形象当装饰。龙听说后，特地从天上下来看他。他看到真的龙出现在自己家里，就吓死了。"

太阳想了想，镇静地说："不是很正常的吗，他又不喜欢真的龙，就喜欢图案呀。"

◆ 太阳和初中老师。太阳一直很感谢这位老师，因为是她给了太阳第一篇作文一个好分数，对作文里的错别字忽略不计。

傻瓜在第 42 街汽车总站里

探头探脑

过了好像永远也走不完的荷兰隧道，我们的车子马上就进了第 42 街的汽车总站，彼得·潘拐进一栋灰色的水泥停车场，然后盘旋着上楼去，最后，它长长地呼出一口气，在一个茶色的玻璃门前停了下来，我们到了。

康州蟋蟀切斯特当初也像我们一样，跟着汽车到了汽车总站，他找到了一个生活在地铁站里的老鼠塔克当朋友，然后又认识了一个做派很像时代广场上的 homeless（无家可归的人）的叫亨利的猫，他的名字是一个地道的黑人的名字。

到了汽车总站，我们才发现那只康州的蟋蟀也很不简单呢。他那么快就找到了地铁车站，可是我们却不能。

汽车总站里面好大，像新泽西的那些最大的 shopping mall（购物商场）那么大。一层，一层，看上去都一样。就算在高处吊着指示牌，就算指示牌被灯照得那么醒目，就算上面还有箭头指着，也还是会走错路。走到自己以为到了的地方，可还是没有找到方

◆ 纽约时代广场

向。到处都是人，拖着大大小小的行李车，小孩子拖着自己的娃娃，出差的人把装西装的软袋子搭在肩上。好像所有的别人都那么明白自己的方向，只有我们像傻瓜那样站在那里探头探脑。

大厅的尽头，大门外面，有明亮的阳光，把走过的金发的人，照得像个小金片一样。

然后，我们就都闻到了纽约地铁的气味。那是相当复杂的气味，有咖啡的气味、香水的气味、行李的气味、小便的气味，还有车厢本身的铁皮发出的甜腥腥的气味。

然后，听到了提琴的声音，在地下的长通道里，琴声好听多了。

再后来，脚底下的地动了一下，那是有一班地铁进站了。

一个狭长的卖报亭，里面亮着青青的日光灯。故事里的康州蟋蟀切斯特就是在这个报亭里安下身来的。看到真的有那么一个卖报亭，虽然我们都知道切斯特只是一个得了纽伯瑞奖的小说里的人物，不是真实的，可心里还是感到安慰和高兴。

"书上说的，曼哈顿的地下，最繁忙的地方，有七层之深。"太阳说。

沿着一条布满了黑色圆斑点的道路，我们找到了我们要搭的地铁站。那差不多是曼哈顿最老的地铁站了，1904年修建的。地上的黑色斑点，是九十六年以来，在第42街等地铁的人，从嘴里吐到地上的口香糖。然后有人踩扁了它，踩黑了它，它紧紧地粘在地上，被人越踩越结实，越踩越黑。就这样，一团团白色的加了薄荷的口香糖，变成了黑色的斑点，永远地留在了地上。听说纽约市政府也用了不少办法来清洁这些古老的地铁站，可是总是敌不过黑色的斑点们。它们成了曼哈顿地铁的标志。

　　黄昏时分的时代广场，挤满了人和车，还有在一天里最金色的美丽阳光。在曼哈顿那样繁华的地方，特别是在时代广场这样的闹市，连百老汇《悲惨世界》的剧照都不是一下子能让人注意到，可到了黄昏时分，还是第一眼就看到了下午时金色的阳光，像新鲜比萨饼上的奶酪一样，又软又香，黄灿灿地从摩天楼的顶上披挂下来，流淌在百老汇大道和第七大道交叉所形成的一个大叉上。有人说过这个时代广场的大叉，是整个世界的岔路口。在黄昏的时候，好像所有的人都拥到这个岔路口上来了一样。"这情形未免太可怕，也太美丽了一点。"切斯特第一次看到时代广场时，心里是这样想的。

　　在故事里，切斯特就是在这样的时候突然唱起舒伯特的小夜曲来的：

　　"切斯特演奏的乐曲声弥漫着整个车站，就像一颗落进静水里的石子激起了一圈又一圈涟漪，沉默的涟漪也从这个报摊向外扩散。人们听着听着，脸上的表情发生了变化。心事重重的眼神变得温柔平静，舌头不再唠唠叨叨，充斥城市噪声的耳朵也在蟋蟀的美妙音乐中得到了休息。"

我在二十二岁的时候读到了这本薄薄的小说，一直都记得里面关于时代广场的情节，而太阳是在知道我们用夏天的假期到曼哈顿去旅行的时候借了电影的录像带来看的。这也许是我们要在黄昏时特地到时代广场来的原因吧。在第42街汽车总站的大门口，就有一个卖报纸香烟的小亭子，像书里收养切斯特的玛利欧家赖以活命的书报亭一样。

时报大楼上有大幅的广告牌，在楼顶上哗哗地翻动着。最好看的一个，是装在大楼墙上的大屏幕，有一个角度什么也看不到，而在另一个角度，则十分清晰，使得大楼好像一根闪闪发光的魔棒一样。可是，它被混在一大堆各种各样的广告牌中，竟也算不上十分抢眼。

还是有各种各样的人在这里来来往往，而骑在大马上的警察，他像牧羊人那样高高在上，在人堆里找着坏人。印度人在街边上卖着他们的香和用檀香木做的香插。旁边有一个棕色皮肤的女人大声地告诉大家不要再浑浑噩噩，世界末日就要到了，信仰救主的人才能不被杀掉。中国人在画架前招揽画肖像的生意，"十美元一张"——他们这样写着广告词。而日本人则一进时代广场，就小心翼翼地把自己的照相机和摄像机移到胸前护着，怕被人趁乱抢了去，听说那是在这个广场里常常发生的事，还上了一些介绍纽约的旅游书的warning（警示）。这里和切斯特到来的时候一样，这里的一切还是乱哄哄的，让人招架不住。

广场中心有一尊青铜像，像座下面有百老汇当晚的多余戏票卖，来纽约旅游的人，就到那里排队等着买当晚的戏票，大家都没什么怨言地在大太阳下面晒着，一点点向前移。到曼哈顿来，却没有看一场百老汇的音乐剧，对旅游的人来说是遗憾的事，甚至也怕回到家里去以后，别人问起，自己都不好回答。从我们站着的地方看过去，就能看到一些在哈默斯坦时代的老剧院，到了晚上，人们会换上黑色的晚礼服，像欧洲人那么正式斯文地经过时代广场到百老汇大道上，去看有名的歌舞剧，像《歌剧魅影》和《猫》，还有《悲惨世界》什么的。

我们的身后就是一家很大的电器店，东西便宜得令人不能置信。许多人到那里去买新电器，所以那里总是发出各种电器的奇怪的声音，还有只唱了半句就戛然而止的歌声，像一个人突然被噎住了一样。我们看到了一些中国人，在一个纷乱的外国地方听到中国话的声音，就像听到有人在招呼你一样，一定要回过头去看。我们常常会看到一些显得很有钱的中国人，他们大声惊叹着便宜，好像急着要把整个商店都搬回家去一样。太阳觉得他们吵得太大声了，慌慌张张地拉着我快走，她怕别人以为我们是一伙的。她就是一个好龙的小叶公。

我们还看到一些性商店，店堂里面暗暗的，让人有点感到危险似的，但我们并不能说出到底会有什么危险的事。大概是因为橱窗里摆着的那些让人不好意思看的东西吓到了我们吧。太阳的脸上带着悻悻然的笑容，凡是遇到与性有关的问题，包括爱情问题，她总是这样的表情。有时候看到了电影里这样的场景，她会自觉闭上眼睛倒在沙发上，问："好了没有，好了没有？"她已经是一个进入青春期的女孩子了。听男人们说，这里还有很发达的色情生意。我们带着切斯特那样的紧张心情，从那里走过去了。

人们像潮水一样从百老汇大道上涌过来，从第七大道上涌过来，从汽车总站的大门里涌到街上，红灯刚刚转黄，就有着急的人在车里按喇叭，提醒前面的车快走。黄色的出租车总是危险地挤到最前面，让人不敢在它们前面过马路。

这可是在小镇上不可能出现的事情。康州的小镇上，车子见街上有人，早早就停了下来，生怕惊扰了过马路的人。太阳望着因为红灯突然顿在她面前的一辆出租车，她看见里面有一个面貌凶悍的司机。她从来不肯在曼哈顿坐出租车，因为她怕自己遇到《人骨拼图》里面的杀人狂，她怕那个人凑巧是要收集一个来自中国的，不爱喝牛奶的小姑娘的骨头。

我们在一个小贩的车上买了热狗吃，那是真正的纽约特色食物。热肉肠上加了一条番茄酱，一条芥末酱，白色的肠衣有一点弹性。我们站在奔腾喧闹的街口伸长脖子，防止芥末不小心落到衣服上。"这就是纽约的心脏啊？"太阳嘟囔了一声。

真实的时代广场真是吓到了太阳。她眯着眼睛，小心翼翼地看着纷乱的一切在她面前急速地掠过去，不知道该怎么评价，所以就紧紧抿着自己的厚嘴唇。小镇生活在她心中奋起反抗着世界岔路口的喧闹，书上那抒情的句子浮现在我们各自心中，让我们不知所措。

"在切斯特的乐声中，交通停顿了。公共汽车、小汽车、步行的男男女女，一切都停下来了。最奇怪的是，谁也没有意见。就这一次，在纽约最繁忙的心脏地带，人人心满意足，不向前移动，几乎连呼吸都停止了。在歌声飘荡的那几分钟里，时代广场像黄昏时分的草地一样安静，阳光流进来，照在人们身上，微风吹拂着他们，仿佛吹拂着深深的茂密的草丛。"

我在心中暗喜，因为看到了太阳心里的矛盾，这是文学里的世界与现实中的世界的矛盾，文学终究是有力量的。

爸爸的记述（2018 年）

时代广场我也去过，可惜不是与陈丹燕和太阳一起去的，那时因工作关系不能因私出国。我是在她们去过几年后有一次公务出差去的。差不多是正午的时光，没有她们黄昏时的诗意。蓝天下的时代广场，有一种与大自然截然分离，又颇具挑战的意味。它的喧闹、色彩、时尚、伞状的街道，让你突然产生一种茫然失措，不知去向的昏眩。这是世界的岔路口吗？太阳那时只有十一二岁，我不知她当时站在广场上是什么样的感受，炫目？惊恐？兴奋？是想快点长大去拥抱这个世界，还是想快点回去，回到宁静的新英格兰小镇？妈妈看到她脸上的矛盾，有点欣喜，大概是因为看到了她在长大。她既没有雀跃，也没有回避。但她一定对这个地标留下了深刻的印象。十几二十年后，她成了苹果公司的艺术总监，经常在纽约、洛杉矶、东京、香港等大城市的上空飞来飞去，当飞机下降时，鸟瞰每一个伟大的城市，她是不是想起过当年的时代广场？呵呵，我来了，你没有吓倒我！在世界的岔路口，我找到了一条我要走的路。虽然她还不知道这条路在哪拐弯才能到目的地。

前几天，朋友毛豆子陪我们去旧金山的船屋，其中一个是中产阶级的小别墅社区，另一个是年薪三万美元以下才可入住的类似波西米亚风格的社区。走过那些简陋的、有点纷乱的船屋，阳光下门窗洞开，外面放着各种植物，野花盛开。屋里是旧物利用的家什，不经意间可看到主人的艺术趣味。太阳说，她更喜欢住在这里。是的，这里更自由、亲切、放松。这里与时代广场顶上的那片蓝天更协调。

三一老教堂后院
有老墓地

在下曼哈顿，靠近世界贸易中心的街口，像树林那样竖立着许多摩天高楼。而那个街口，却有一个真正的树林，围绕着一个小小的、哥特式的三一教堂，还有教堂后面的一小块草坡。隔着黑色的铁栅栏，能看到里面的草坡上的一些墓碑，看上去很老了，石碑上刻的字都模糊了，不知道那是为了纪念谁。

那是曼哈顿最老的哥特式教堂，我们去的时候是个下午，阳光把铜门晒得很暖和，摸上去好像铜浮雕上圣人的脸是有体温的，吓得太阳立刻就把手缩回去了，她本来就是一个对冥界疑神疑鬼的小孩。

教堂里很幽暗，蜡烛在十字架前闪烁着。

从教堂出来，我们就去看后院的墓碑。那些石碑都很薄，是常规墓碑的一半，或者三分之一。它们用一种随便而老迈的姿势，竖立在草丛里、大树下。完全没有后来的曼哈顿那种牛气冲天的样子。那里的老坟墓里埋葬着最早来纽约的天主教徒们。

在我的印象里，这是太阳第一次到墓地里来，所以她一直紧紧地拉着我的手，一步一步地跟着我走，步步都小心翼翼踩在我的脚印里。她怕自己踩到了在墓碑边上躺着的人，怕他们从坟墓里伸出手来打她。这是我什么时候给她讲的故事？从斯蒂芬·金的故事里脱胎出来的。她怕惊动了那些古老的灵魂，会给我们带来坏运气。太阳是泛神主义者，什么都相信，什么都害怕，却什么都将信将疑的。

其实那个小小的墓园并不那么诡异，下午的阳光下，树影婆娑，闪烁在那些已经淡得看不清字母的墓碑上，风化了的石碑前早已经没有鲜花，好像大多数坟墓不再有亲人的照顾了。在这里总是能让人感到时间的神秘，而且感到有些惆怅。

"你说，这些人的孩子都到哪里去了呢？"太阳问。

"他们一定也已经死了。这个教堂已经有三百年的历史了。"我说。

"那么，他们的孩子的孩子的孩子的孩子，还是活着的。"太阳说。

"要是他们每一代人都结婚，生了孩子的话，就应该是的吧。"

"那他们为什么不来给他们的老祖宗扫墓呢？要是你和爸爸死掉了的话，我一定会经常来给你们扫墓的，还要给你们带一些鲜花来放着。给你带一些巧克力，给爸爸一些花生米。"太阳说。

"他们家的人大概已经散开到别的地方去了。美国人总是搬来搬去，去找自己愿意安家落户的地方。也许，不巧，就有一代人没有自己的孩子，这家人的根就断了。三百年里的事情，总是很难说的。什么事情都有可能发生。所以人们要说人世沧桑。"我说。

"这么说起来，躺在这里的人有一点可怜的吧。"太阳说。

"总之，他们是眼不见，心不烦了。"我说。

"你不会老的，也不会死的。"太阳用胳膊肘撞撞我的身体，说，"你一直活得别人都叫你老妖精，也不会老，也能电别人的。"

"好吧，太阳。"我答应她。

我们就这样，第一次说到了时间的流逝，生命的结束，还有遗忘。这些都是巨大的人生主题，在平日里很难想到要去对一个孩子说的。不过，我却感到高兴，我们不是在自家亲人辞世的时候才不得不面对的，我们是在一个阳光明艳的下午，在寂静的教堂老墓地的草丛里，安安静静地说到它的。我希望太阳以后想到这些沉重的人生问题时，一起回想起来的，有婆娑的阳光，还有我的陪伴。

去唐人街

从格林威治村的华盛顿广场出发，沿着百老汇大街一路往下城走，就可以到曼哈顿有名的唐人街了。一路上，房子越来越旧，而且矮下来，马路望上去阔大而荒凉的样子，与新英格兰小镇的静谧和规矩越来越不同，反而和美国警匪片里要发生枪战的街道相似起来，太阳就紧张起来，她四下里张望着。

这是下城区域复杂的地方，由于不同地方来的移民从埃利斯岛上岸以后，总是先落脚在自己的亲戚家，亲戚的亲戚家，或者是朋友家，朋友的朋友家，所以，在下城拥挤而便宜的街区，就聚集了不同地方的新移民，彼此紧紧挨着。经过了小德国区，就看到了犹太人区的旧楼墙上挂着的那些生铁的防火楼梯了。从百老汇大街拐进去的时候，一不小心，就好像是到了几十年以前的意大利，沿街放满了露天咖啡馆的桌子，满街都是意大利人煮沸番茄酱的酸酸的香味。街道虽然窄而旧，但还算干净和快活，好像阳光也比百老汇大街明亮多了。

那天我们也迷了一小会儿的路，可小意大利区的热闹和明亮吸引了我们，在窄窄的街道上，意大利的国旗被做成了手掌大，一面面到处飘扬着，像过国庆节一样。但是在小意大利区，它们每天都这么挂着的。有一次我晚上路过，街市都已经打烊了，可是它们还在半空中的夜风里哗哗地舞着。

"这里的意大利人一定是很爱国的，到处都是他们的国旗。"太阳说。

我们走过一个挨着一个的饭店，太阳很馋，闻到每一家传出来的不同的香味，都会由衷地赞一声好。可是听到大多数意大利菜里都放奶酪，就从来不说要进去吃饭的话，因为她和绝大多数中国小孩一样，最讨厌在菜里放奶酪，只是不讨厌比萨饼里的奶酪而已。

从一条小街上转出来，我们就到了唐人街了。那是在唐人街有名的Canal Street（坚尼街）。这一下，仅仅是在街口站一下，我的脑子就开始乱了，因为这里充满了声音，人和各种各样的商店，所有的商店都没有门，在门口堆满了花花绿绿的商品，衣服，小孩子用的书包、玩具，大人用的箱子、电器，看上去很便宜的样子，只要你的眼睛停在什么东西上，马上就会有人凑近你，并轻轻问："想要什么？"所有的金子店都把自己的金饰挂在大玻璃窗里面，用明亮的灯照着，为了让它们特别闪闪发光。所有的中国餐馆里面都坐满了食客，中国人和各种各样的外国人，用中国人的筷子和小瓷碗，瘦小的伙计看上去有着南方人的高颧骨，不停地从后面的厨房里端出菜来。甚至连中文书店这样安静的地方，也忍不住要在外面放上一些正在减价的招贴画，大多数是华人的电影明星和歌星。所有的东西都想引起你的注意，还有大声说话的人

◆ 纽约下城唐人街

们，他们大多数说的是南方的话，比英文难懂多了。一些印度人混在中国人里面卖铜做的印度工艺品。还有一些像小鸟那样不停转着自己脖子的旅游者，来看西洋景。就连墙上，都不寂寞地贴满了卖便宜电话卡的广告，打到中国大陆去，只要五美分一分钟。

街道上到处是小摊贩，在卖水果、中国蔬菜，烘中国南方的葱油薄饼，它的香气弥漫在整条街道上。街道上也到处都是湿漉漉的，因为那些卖生鱼的摊位上总是滴下水来，所以在葱油薄饼的香味里，总是可以闻到鱼的腥气。

当然也有安静的地方，那是中药铺子和黄大仙的庙。中药铺子看不出有什么不同，只是静静关着门而已，而黄大仙的庙则是把四周的墙和铁门都漆成了同中国庙的山墙一样的黄色。

所有的东西都是一个词可以形容的，就是出奇的便宜，什么都便宜，一模一样的李子，比在格林威治村的超级市场要便宜一半。不管是迪士尼的书包，还是索尼的电视机，统统便宜，便宜到让人不能相信货色了。太阳看到那个夏天刚在小姑娘中流行起来的箍头发用的小三角头巾，在这里卖得要比曼哈顿中城便宜好多，就买了一个蓝布的戴在头上，像韩国小孩。大概唐人街和别的旅游点最不同的地方，就在于没有人走着看着，手里不提着几个塑料袋的。谁都忍不住要买便宜货吧。

太阳买了东西，把粉红色的小钱包放好，说："我以为这里又偷又抢又杀的，没想到这里的人并不像我想象的那么恐怖。"

很多跟着自己父母到唐人街上来过的小孩子，都不喜欢唐人街，都说那里太臭了。也许是小孩子人矮，离地面近，总是比大人更多地闻到地面上的垃圾的臭气吧。很多新移民也并不喜欢唐人街，他们中间的年轻人去上了大学，找到了工作，然后就搬出唐人街，到皇后区，或者新泽西去贷款买房子住，那好像才意味着自己真正在纽约站稳了脚跟。太阳也不怎么喜欢唐人街，特别是她点了一碗与她想象的大相径庭的小馄饨以后，连唐人街的餐馆她都怕了。

太阳一直都非常想念上海的小馄饨，我一直跟她说，等到唐人街就能吃了。于是，一进餐馆，我们就雀跃地点小馄饨吃。菜单上果然也有小馄饨。

上海的小馄饨有很薄的皮，在清汤里几乎是透明的，江南的小葱是细细的绿色，被切碎了，浮在汤上，汤上的油却是真正的猪油熬出来的，大大的一滴，散发着熬猪油才有的那种香。上海的小馄饨不是真正嚼碎的，而是在白色的薄薄的汤勺里轻轻一吸，被吸到嘴里的时候就融化了的，剩下来里面的一小团肉，像一美分那么大小的。

唐人街的饭馆里什么都和中国是相像的，就是跑堂的人的动作要更快些，有一点纽约人的麻利，看上去好像中国本地的餐馆突然专业了一样。但实际上，上来的馄饨里面，有很大很重的馅子，用鸡肉和海虾做的，像台湾人做的贡丸一样硬。而皮也是用肉燕做起来的，像顺风猪耳朵里的软骨那样脆。汤里面，不知道放了什么调料，鲜得要用水冲淡了，才能咽下去。

那是我们在曼哈顿最失望的一餐饭，只是可惜的是，发生在著名的唐人街上。

在唐人街的那天，我们再三迷路。我想是因为那里的街道总是弄乱人的脑子，纵是有地图也没有用。而在那里问路也是痛苦的经历，不知道为什么，那里的人们常常胡说，他们并不说自己不知道，而是用手很肯定地一指："That way！（那边！）"可是，那是错的方向。那天，我们和一户带着两个大孩子的德国家庭，都迷了路，都被错误地指了路，我们就都在路上来回地走，像走马灯里的人一样。直到我们在伊丽莎白大道的一家水果摊前发现了一个穿黑制服的警察。

"警察!"太阳先看到警察，大叫一声。

"Excuse us, sir.（劳驾，先生。）"我们两个人马上跑到他的身后叫。

他转过头来，原来他长着一对斗鸡眼，和曾志伟像极了。

太阳傻了。她还不懂有时候装没有发现是很重要的礼貌。

但是，他是一个奇迹般的，和唐人街十分般配的警察。他告诉了我们正确的方向，而且体贴地告诉我们数着过几条街，就可以看到一个看似荒凉的地铁站。"但不要担心，只管下去，里面的地铁正在工作。"他说。

这个矮个子的，斗鸡眼的，声音尖细的，带着南方方言的能干警察，一下子让我感到唐人街的神秘和可爱，它用的是一种滑稽和混乱，但灵活而智慧的方式，可那也是一种街区的魅力。特别是唐人街这样上百年以来，美国白人政府曾把华人隔离在里面，不可随便进出的地方。比起来，小意大利区就像一只大蒜，只能剥开一层皮，而唐人街，像我们中国北方的千层饼，一层一层又一层的，更有意思。有的时候，小孩子因为弱小，就不那么喜欢混乱的地方，那个可爱的警察，我有时相信他也许是一个武艺高强的人，就像电影里的那样。但真人不露相，他也不会像史泰龙那样。

我要太阳晚上写一篇关于唐人街的札记，我想知道她怎样看这样的地方。

　　Chinatown的整个街，我不能用一个词来形容，它好像是上海的马路小菜场。地上一摊一摊的是海鲜铺子泼出来的水，水里还有些银色的鱼鳞。过了卖鱼的地方，就会看到还有水果和蔬菜的摊位，而那里的地上就有坏掉的水果和菜皮。经过这里，我抿住嘴巴，屏住呼吸，快步跨过去，好像在学校参加跳远比赛一样。但不知为什么，我总会回过头去再望一下那里，还想看吧。

　　Chinatown街上乱极了，都是人。这里的样子和纽约别的地方一点也不一样，吸引了非常多的旅游者，加上曼哈顿的人，再加上原来就住在Chinatown里面的人，真是乱上加乱。很多人在Chinatown摆小摊、开杂货店，好一点的人就开饭店，大多数就是靠这样维持生计的。记得学校课文《卖炭翁》中说，心忧炭贱愿天寒。而这里的人，他们真是心忧物贱愿人繁吧。所以这种乱，也许就是他们想要的。

　　不知道哪里听别人说的，我原来以为这里是又偷又抢又杀的，没想到并不是我想象中那样恐怖。可是"乱"并不是Chinatown的最大特点，它最大的特点，我认为是"金"，gold。那种卖金子的小店一家连着一家，而我也总是看不够，常常唠叨："要是我能有这么一条金项链就好了，就发大财咯。"几乎每路过一家，我都要说一遍，妈说，她都替我累，而我却感到"金力充沛"。

　　在Chinatown这样的地方，就是会有历险的。在傍晚快要回家的时候，我发现我和妈妈的头都已经玩昏了。我们找不到回家的地铁站了。好不容易找到一个可以转车的车站，可它偏偏关了门在维修。Chinatown的地铁站是纽约最老的地铁站之一，也该好好修一修，所以我也不怪他们。我们先去问了一个在药店工作的人，他用不标准的英语告诉我们方向，可我妈觉得有点不可靠，又问了一个街上的女人。那个女人说的方向和药店里的人说的一点也不一样。接下来，我们又问了三个人，总共五个人说的方向居然都不一样，真的奇了怪了。我和妈妈不知走了多少冤枉路呢！终于，见到了一个警察。我们立刻走了过去，"Excuse us, Sir." 可那警察一回头就把我吓了一大跳，他没有我高，小豆豆眼，没有睫毛，嘴唇特别厚，说实话，我开始怀疑他是不是真的警察。但是只有他告诉我们的，才的确是那条对的路。哎！人就是不可貌相的啊！

中国福利会儿童时代社

这是"消失的博物馆"中，唱的特展及，是现在的china Town. 我很纳闷闷，他们为什么 不穿西装，打领带。你们出来不就是为了创州去，但他们把自己住的地方做成像帼一样的地方干什么，那就等于在中国没什么两样嘛！可是当时的中国人受到美国人的歧视，美国人知道他们不肯学英文，还肯出，只想和自己世家的人在一起就写，所以届限他们住在china Town. 不让他们出来，至今为止，dana tron 还住着这些人的子子孙孙呢！

031

地址：上海常熟路

太阳的哈莱姆笔记

　　哈莱姆是曼哈顿岛上有名的黑人区，对旅游者来说，并不是非常热门的地区，听说那里的治安很差，连警察都不愿意去，因为有很多犯事的人，在那里当警察不只是危险，也太忙了。还听说美国监狱里的犯人有不少都是黑人，所以在没有出发以前我就已经被妈妈的朋友们你一句我一句地吓得心惊胆战，有点不太想去。可妈妈说要是不去哈莱姆，就不算真的到了曼哈顿，一个人要了解一个地方，就应该要冒一点险。妈妈说我可以选择自己在家里，不去哈莱姆，可我更不想一个人在房子里待着，这里是别人的家，我一点也不熟悉。要是一个人待着的时候，我看过的那些杀人电影里的故事就会一个一个全想起来的，更可怕。知道妈妈决心要带我去哈莱姆，她的朋友都劝我们至少不要在那里照相，免得被抢了。真的有这么严重嘛？

刚到哈莱姆的一路上，我看到了一些面部表情不是很开心的黑人，还有破旧的房子。可是妈妈总对路过身边的人打招呼，我也跟着这么办。妈妈有的时候还和他们说上一会儿话，这才发现他们并不是真的很凶，我纯粹是自己吓自己，心里感到很惭愧。人不应该只相信别人嘴里的话，要自己亲眼去看一看。碰到陌生人要友好对待，人家也会友好地对待你，不用去害怕的。

那天回家以后，妈妈问我："怕吗？"我说："怕什么呢，不就是一次小小的冒险吗，而且我喜欢那里的黑人老太太。"我在哈莱姆长了一智，就是，不要自己吓自己，对人要友好。

哈莱姆不一定就是小孩子不可以去的地方吧

太阳说得不错。人对陌生人应该抱着友好的心，对陌生的街区抱着探问和欣赏的心，对陌生的文化抱着好奇和学习的心，这也是我自己的旅行经验。是抱着这样的信心，我才决定要去哈莱姆的。

哈莱姆的确是曼哈顿岛上名声不好的街区，是全美国都有名的贫民区，又脏，又乱，又颓唐，还有许多的犯罪，暴力，毒品，等等，等等，可是，哈莱姆同时也是曼哈顿岛上最古老的荷兰人建立的街区之一，也是二十世纪初美国黑人文化大发展的重镇之一，听说在那里的酒馆里能听到上好的爵士音乐，在那里的街道上，能看到意大利中北部风格华丽的教堂，比第五大道上有名的圣帕特里克大教堂好看多了。在那里的教堂做礼拜时，能听到最美的黑人灵歌。而且，我一直以为我们不可以在看一个地方的时候，只想看它好看的地方，这是不真实的。所以，我一直就认为哈莱姆是曼哈顿和第五大道一样重要的地方。

我不知道为什么在图书馆里，各种为孩子写的曼哈顿旅游书里，总是不提哈莱姆。要是太阳花了一个夏天在曼哈顿旅行，可她还是不知道真的哈莱姆是怎么回事，那是遗憾的事。要是太阳一个人去曼哈顿旅行，我想大概我不会建议她独自去哈莱姆，可要是我也去，就应该带她去看一个完整的曼哈顿，看到整个花花世界。

哈莱姆是一个在曼哈顿上城，从第七大道，第103街往上去，也靠着中央公园的街区，整个街区有十公里。从前，荷兰移民来到这里，住下，做纽约人。这里整条整条的街道，都是荷兰移民盖起来的欧洲式的房子，斜斜的坡屋顶，白色的长窗，很好看的样子，带着悠远的乡愁。荷兰人住的哈莱姆，那时是曼哈顿的高尚住宅区。一百五十多年以前，哈莱姆的房产业突然暴跌，原来住在这里的人纷纷离开这里，许多房子都整栋整栋地空了出来，房价也一路跌了下去，于是，哈莱姆开始贫民化，黑人开始住进来，然后，西班牙裔的穷人也住了进来，剩下的原来的住户也因为街区的贫民化纷纷搬走了，就这样，哈莱姆到了一百年前，成了一个有名的贫民区，到那里，就可以看到失业的人，绝望的人，吸毒的人，还有打架的人。哈莱姆就这样成了一个声名狼藉的地方。

早上，我们看到第七大道上，在夏天美丽的阳光里，走着一个昏昏欲睡的黑人，地上有一些还没有清除掉的塑料袋、破衣服和脏的餐馆外卖的纸盒。还有遍地的教堂，和教堂门口衣冠楚楚的黑人家庭，蹒跚的老妇人，花花绿绿的女人们。

太阳并不喜欢我喜欢的那样的老房子，我也不喜欢崭新的摩天大楼，老房子总让我感到时光岁月，心里一动一动的。可太阳总是怕那样的老房子里藏着可怕的往事，或者鬼什么的。她平时听到了关于哈莱姆的许多杀人越货的事，这时总是有点怕，于是紧紧地拉着我的手，像她小时候一样，还精明地问我："你准备了一张单独的十块钱吗？要是有人要钱，你就马上拿给他，不要心疼哦。"这是她特地向人请教来的救命之计。她总想保护我的，而我想的是，要是真出了什么事，我一定为她挡住所有的刀和枪。

我说："好的。"

哈莱姆区的房子有一种沧桑的美，那是第五大道上的房子无法相比的。

"你喜欢我们的房子吗？"有人突然在耳边问。

那是一个年轻的黑人，带着都市青年的无聊神情还有黑人特有的温和，大大的眼白，在脸上，都有种奶牛那样的动物的样子。他说的话有很强的黑人口音，我不怎么能听得懂，而太阳则是完全的不懂。

"我喜欢。"我说。

"你是日本人吗？"他问。

"我们是中国人。"我指指太阳。太阳赶紧对他说了哈罗。

他指着一栋陈旧的绿色的房子说，那就是他的家，还告诉我们边上的房子空了下来，因为发生了火灾，房子老了，容易失火。

然后我们说了再见，就再见了。

"啊呀，"太阳等他走远了，轻轻拍自己的心口，"他到底也没有把我们给杀了。"

"他为什么要杀我们呢？我们没有什么钱，也和他没有仇。"我说。

"也许是变态呢？"太阳说。

"那天上的飞机也很可能掉下来压死我们呢。"我说。

◆ 纽约哈莱姆街景

我们去了第132街和第七大道的交会口，我想要找当年在哈莱姆文艺复兴时期最重要的剧院，Lafayette（老佛爷），在那里上演了第一出由黑人演员演出的莎士比亚戏剧《麦克白》。可是，那里已经变成了一个教堂，正在做礼拜，唱诗班在那里唱出美和哀伤的灵歌。在四十年前，哈莱姆的文艺复兴衰落了，剧院不再能靠演戏养活自己，1950年它被改建成了现在的教堂，去安慰哈莱姆人失落的心。

在第120街左右的地方，我们找到了一间非常漂亮的教堂，是快两百年的老教堂，教堂门上的装饰和意大利托斯卡纳的老教堂几乎是一样的精美，教堂里的神父和教徒都很热心，让我和太阳进去参观，也让我们在里面照相，长得总是让人想起母牛来的老太太们，总是看着太阳说她漂亮，太阳的脸都高兴得红了，马上要了一块钱，说要去买一根蜡烛给圣母供上。

在第八大道上，我们看到了一个小男孩子，举着一根哈根达斯的冰棍在路上走着。大道上的商店开门了，不大干净的玻璃上贴着便宜得惊人的价钱，一堆又一堆的衣物，像垃圾一样堆在门口的推车上。带着孩子，一脸无聊和烦闷的女人们在那里翻拣着，那就是穷的街区的重要标志。

但这的确是曼哈顿也很真实的一张脸。我高兴太阳也看到了这些。

离开哈莱姆的时候，我们的车一直向下城的方向去，到了第六大道上，看到了那里高级公寓门口被擦得金灿灿的铜门把手，干净的街道上黑色的漂亮的铸铁栅栏，我看到太阳松了一口气。我问她："怎么样？"

她说："没有想象的那么刺激。"

曼哈顿岛上最老的公园，bowling green（博灵格林公园），在下城靠近华尔街的地方。它真正是一个小公园，只有一小圈用黑色铁栅栏围起来的绿地，中央有一个小喷泉，传统的木头靠椅围着那个哗哗作响的喷泉，还有一些很大的橡树，像云雾一样包围着它，把这个古老的公园与外面连停车都难的喧嚣的马路隔离开来，也把在公园里的人和马路上的人隔离开来。

到了那个公园，找到一张椅子，坐下来，闭上眼睛，满眼睛全都是阳光红色的影子，耳朵里能听到喧嚣的市井声夹在水声里。突然想到了，也许我们也是三百年以前的人呢，我们是那时候移民到这个地方的母女，穿着拖拖拉拉的大裙子，戴着扁扁的英式草帽，也许我们不是姓陈，而是姓印，是那个最早通过埃利斯岛移民局来到曼哈顿的中国人的家人。

"我能睡在你的肚子上吗？"太阳问。

"当然可以。"我说。这是我们的老游戏了。

那时候唐人街没有什么女人，因为中国女人都在家乡，很少有人漂洋过海来这里。就是在唐人街的女人，也被禁锢在运河街的四周，不能出来，更不会到欧洲移民用的 bowling green 来。她们要到二十世纪五十年代以后，才有机会走出唐人街，那时，唐人街上有一个勇敢的华人，带着从唐人街出发的旅游团去纽约各处，去看运河街以外的世界。到那时，中国人才开始了在美国大陆的旅行。

"世界当然会越来越好。"太阳这么说。

就是这样简单。

太阳参观纽约博物馆的体会

第一，要关心天气预报。如果天气要时好时坏，温度要时高时低，你也拿它没办法。天气预报中说下雨，就要带伞；说冷空气来了，就要备长袖、长裤；说热空气来了，要涂防晒霜，要拿墨镜。最后提醒大家一句，无论是冷天、热天、雨天、晴天，还是阴天，要去博物馆的话，一定要穿长袖和长裤，因为里面的温度，永远是22℃，光穿夏天的衣服进去，一定会被活活冻死的。

第二，不要饿着自己，情绪会因此低下的，特别是要准备参观各大博物馆的那些人。当你参观一个像大都会艺术博物馆那么巨大的博物馆时，时间会像飞一样地就过去了。而你也不会感到什么。但只要你一看表，肚子就马上会轰轰烈烈地饿起来了。可是你心里又矛盾地对自己说，要不还是把这点看完算了，通常你的脑子会被你的心所说服，于是硬着头皮往下看，可是你的胃却很伤心，人感到越来越没劲，什么都记不住，甚至心烦意乱。其实在这时候，你就应该马上停下来，去饱餐一顿，等情绪好了以后，再接着参观。

第三，不要以为大都会艺术博物馆里的画就真的那么好啊。大都会艺术博物馆是世界上有名的四大博物馆之一，可是对我们这样十二岁的小孩子来说，却并不是那么好的。二十世纪的画，大多是抽象派，画的是什么，一般是看不明白的。还有一些是简单到我们也可以办到的——在一张白色的底子上，有两条蓝色的竖线，靠在左面，上碰顶，下碰底——这种画直线，我们在一年级的时候已经学会了的。只是，这个画了许多这种简单画的人很有名，有他的签名，这画就很宝贵，要是换上了我的名字，不要说大都会艺术博物馆了，就是放到我们小学的走廊里，都会让同学们笑掉大牙的。十九世纪的画还可以，只是人们的脸上都没什么表情，总还要摆好了姿势。中世纪的画，总是画耶稣在十字架上被钉住的时候，和被拿下来的时候的样子，常常流了好多血，他的妈妈总是歪着头，很伤心的样子，但是并不哭。这样的画看多了，心里会害怕和厌烦的，都是悲伤的事情，而且总是耶稣他家的不开心的事情。我已经知道耶稣是怎么死的了，我唯一想要知道的，是耶稣的妈妈是怎么死的。

第四，不要以为在博物馆里能见到许多宝贝，就愚蠢地认为自己也能捡到值钱的东西。常常到博物馆里去，看到他们在玻璃柜子里放着那么多的宝物，每个都值好多钱，我以为自己也许也有运气捡到这样的文物。特别是在大都会艺术博物馆的埃及馆里，好看的东西太多了。我突然在地上看见一小块，和玻璃柜子里灰灰的石像颜色一模一样的碎片。我想，这下我发财了，找到了几

这是古埃及的文物,你知道这是做什么用的吗? 这是骨灰盒,上面的人头是盖

片
子,也相当于现在的照片一样。小罐子身上的埃及文,是刻你给各人肖象的呀!

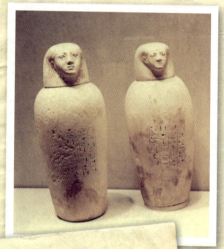

这是大都会博物馆中的非洲馆里的木雕船,这是想头,为的是绑着上面的小孩

偶像吧.

中国福利会儿童时代社

这是"大都会"博物馆的中国的佛，我说中国的佛多在美国的博物馆不足为耻。

他们都不笑，只有好眼睛特尖，找到一个笑脸的。但每个仔细看都很俏比近，女娲

他笑的很那么开心，不是那么自在，唉！毕竟不是在自己的国土上嘛，望天祖那些尖发，爱现睛的国人多多雅止吧！

地址：上海常熟路157号　电话：编辑部：4313442　　邮政编码：200031
　　　　　　　　　　　　　　　经理部：4718156

千年以前的文物啊！千万不能让别人发现，于是我飞快地，又鬼鬼祟祟地过去，捡起来仔细一看，原来只是一小条软软的抹布，真扫兴。在中国馆里也会遇到这样的情况，还有在欧洲古乐器馆里，也会这样，所以不要被玻璃柜子里面的东西迷了心。我看到很多大人也是这样的，他们把鼻子都贴到玻璃上了，嘴里还不停地嘟囔着，希望那里面的东西可以属于他们。

　　第五，要是博物馆里可以看电影的话，一定不要错过，纽约博物馆里的电影都特别好看。自然历史博物馆里的电影又是那么多博物馆里最好看的，那是一个关于宇宙和星体的电影，放在天文部里面。电影票是一张立体的宇宙护照。那个电影院四周的墙壁和天花板都是银幕，除了脚底下。它让你把电影院看成是一个宇宙飞船。电影开始以后，我们就好像去到宇宙里面，穿过我们的太阳系，到了银河系，然后又到了宇宙里。电影的最后，我们看见了出现在宇宙的黑洞，它是由一颗死掉的星星变的。立体的电影院里，在演到黑洞把所有的东西都往里面吸的时候，连椅子都动起来了，好像我们也被黑洞吸进去了一样，很刺激啊。从电影院里出来以后，沿着走廊看到太阳系里的那些星星，像大宝石一样的星星，就特别记得住。其实博物馆里最福利的，就是他们的电影院了，还可以在走不动的时候歇歇脚。

　　第六，自然历史博物馆的体会：动物都被杀死了。这是我最喜欢的博物馆，特别是它的天文部。当然那里的动物馆也很有名。当我走进第一个展厅，埃克利非洲哺乳类动物展厅，那里死气沉沉的。迎面看到的是六只被杀死后做成标本的非洲大象。我的心里一沉。只是很快地看了一眼这些已经没有了活大象生气的标本。绕过它们就是一条宽阔的长廊，两边都是巨大的玻璃橱窗。

以为里面不会再是动物标本的我，正扑过去准备看看活动物们的生活习性，这是我最喜欢的事。没想到它们又都是死掉的标本，我的确看到了动物在非洲的生活，死动物们被人做成了或者是飞奔的，或者是卧着的样子。它们的蹄子僵在半空中，眼睛只是闪着玻璃珠子的光。我想要看见它们生气勃勃地从我的眼前敏捷地蹿过，即使很短暂，我也不愿意看它们的标本。它们估计都是被活活地杀死的吧。在那里还可以看到鸟类恐龙馆，我也很喜欢看它们。虽然它们也是死的，但是我知道它们是不可能活到现在的，所以看到它们的大骨架，反而就不那么难过了。在那里我发现远古的时候，原来老虎的两颗牙是像大象一样长的，也发现原来不是所有的猴子都变成了人，还有一些变成了鼠类动物，非常奇怪。

妈妈与太阳一起参观纽约博物馆的体会

一定要准备一整天的时间，为一个大的博物馆，像纽约的大都会艺术博物馆，像纽约自然历史博物馆，像古根海姆博物馆，像现代艺术博物馆。因为它们离得都不那么远，所以很可能就会想，我为什么不一下子看两个博物馆呢？它们离得那么近。这样，心情一直都是紧张的，像要赶路的感觉，连中午饭都最好不要吃了。这一点大人比较容易做到，可孩子就很不容易，太阳因为肚子饿了，一直沉着脸，直到吃饱了以后。

第一天我和太阳去自然历史博物馆的时候就是这样。我们总是想着，中央公园的另一边，还有一个大都会艺术博物馆在等着呢，要快一点看。可是，真正好看的博物馆是快不了的，总是要

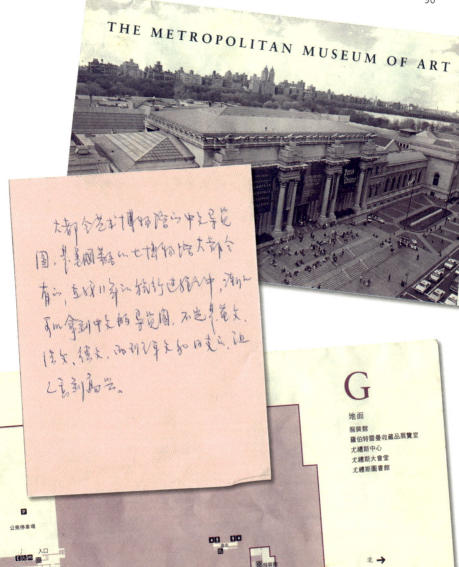

大都會藝術博物館簡介以中文導覽
圖，甚是周著地以七博物館大都會
有之，走我川年以旅行过往之中，獨儿此
我拿到中文的導覽圖，不是要英文，
法文、德文、西班牙等文和日文，可讓
乙言到高兴。

THE METROPOLITAN MUSEUM OF ART

G

地面
服裝館
羅伯特雷曼收藏品展覽室
尤禮斯中心
尤禮斯大會堂
尤禮斯圖書館

北 →

比我们想象的时间还要多。那天在自然历史博物馆，看了电影出来，我们决定只看一个博物馆了，于是，我们出去透了透气。

那天下午刚刚下过雨，等我们出来的时候，雨停了，马路上湿漉漉的，空气里充满了从中央公园的树林和草地里散发出来的清香。我们坐在博物馆的台阶上，因为领子上还别着博物馆的灰蓝色小圆牌子，我们再回去不会有什么问题。台阶上凉森森的，可是比里面要暖和多了。一个小贩在中央公园的黑色路灯下卖着香喷喷的糖花生。太阳去买了一小包花生吃。滚了糖的花生在她的大门牙间咯啦咯啦地响着，碎了。当时我们想大概我们再也没有力气回到博物馆的四楼，我们没看过的地方去了。但是，在大台阶上休息了一下，吃完一小包糖花生，我们又回去接着看了。

陪太阳去纽约博物馆参观之前，我已经去过世界上大部分重要的博物馆，自以为很有参观博物馆的经验了。但是，这种经验对于与一个孩子一起，也用不上多少。我曾在爱德华·霍珀那些空洞而寂寞的油画前，激动地告诉太阳它是如何突然打动过我的心，我说，这样的情况常常会发生的，突然出现在你面前的那幅画，像一支锐利而甜蜜的箭那样，突然就射穿了你的心，那个时刻，周围的一切都模糊了，像游泳时沉到池底时的情形一样，只有眼前的画，和你自己那颗怦怦跳着的心。在这时候，就千万跟随着自己的心，给自己时间，让自己沉醉在那样的画前面，能多久就多久，这样的时刻是可遇而不可求的。不要理会手里的地图，也不要理会自己还有多少个展馆没有去到。等你离开那家博物馆了，你就会知道，在博物馆的走廊里奔忙了一整天，都不如你在一幅画前面的心醉。而且你一定要记住，没有人可以把大都会艺术博物馆的展品都看完的。

但是我还是忍不住要带她去看马格里特的那些画。

太阳努力地点头，表示听懂了。然后她说："妈妈，看完这些，我们就去吃饭好哇？"

我最重要的体会是，和一个像太阳这样的十几岁的孩子一起去博物馆很不容易。这样的孩子并不完全会像我们想象的那样，震惊于人类的杰作，也许他们会感到压力和乏味。我曾希望以自己对那些艺术品的解释，和对艺术史的知识来吸引太阳，我也是那么做了，可她只是表示领情地点着她的头。

后来我看到别的大人和孩子也是这样，大人站在展品和孩子中间，像一个殷勤的新配方洗衣粉的推销员。于是我就泄了气。也许对一个孩子来说，像大都会艺术博物馆里那样的艺术品太重了。

当太阳参观到中世纪绘画展馆的时候，她只看地面，什么也不看了。这时候，我的心里真的很失望，于是我们离开那里去买东西。卖品部里有一些藏品的复制品，那天在减价，许多东西前都竖着"50% off"（半价）的小红牌，太阳这时大大地快活起来，她帮我找到一本减价的展品索引，紧紧抱着那一大本足有十公斤重的精装书向我奔来："那些画都在上面，我们回家去慢慢看。"她讨好地对我说，安慰我失望的心。

不过太阳的这个建议很好，要是去了博物馆，最好就在它附设的卖品部里买一大本博物馆编辑的藏品索引，等回到家，空下来，我和太阳又一起看了那本索引，当时混乱的回忆渐渐被理清了一些，然后我们记住了，那个太阳最不买账的两条蓝线的画，是 Barnett Newman（巴尼特·纽曼）在 1968 年画的。

太阳经历了
第一次重大的打击

在博物馆时，太阳就开始不高兴了。那天太阳又烈又热，蓝天白云，我们去博物馆玩是穿上了长裤和毛衣去的，因为那里面只有22℃。在博物馆待一天的话，心里有点怕自己会冻病了呢。总是只有22℃，那对一个夏天来说，太冷了。在纽约，我们总能看到35℃的时候，街上走着西装革履的人们，脸上并不惊慌，他们像一根刚刚从冰箱里取出来的夹心冰棍那样，浑身都散发着空调的凉气，匆匆地走过几条街，就跑到另一个建筑里去。所以我们总是在书包里放一件薄毛衣，但是，这实在不是在夏天该穿的衣服。

太阳问了好几次，为什么这里这么冷啊？我说，听说，人体在超过22℃的温度下，会散发出明显的体味。太阳说，那么就是体臭咯？

我说是吧。

太阳闻了闻自己，又来闻闻我，说："我们也没什么臭，是肉香。"

后来，她又拉下脸来，因为我们去买东西。在纽约所有的商店里，哪怕是家平价的超级市场，所有的购物袋袋，都是奉送的。哪怕你只买一小包棒棒糖，也用一个大袋袋装起来。有一次我和太阳买风铃，得到的是一个可以装一床双人鸭绒被的大白塑料袋，塑料袋上还做了很结实的把手，可以装很重的东西。我们向收款员申请一个小一点的袋袋，她唱歌一样地对太阳说："没关系，拿去吧，拿去吧，甜心。"我想，他们一定没有小一点的塑料袋吧。所以晚上我和朋友到格林威治村附近的春街喝酒的时候，总是能看到背静的小街上，风吹起满街被人扔了的塑料袋，贴着马路唰唰地跑。这时候想起在德国，所有的塑料袋都要自己花十个芬尼（德国旧货币）买，大家小心留着结实的袋袋，等下次购物再用一次的情形，感到了德国人对自己的制约和对物质的恭敬。

我对太阳说起德国，她沉下脸来，不说话。

在麦当劳店里，随便哪一个，都能看到大人和孩子，盘子里端着一袋炸薯条，将手伸到取番茄酱包的盒子里，抓一大把，脸上总有一种漠然的神色，那种特别像一个美国人在麦当劳店里的那种漠然。他们总是把那一大把番茄酱包放在自己的塑料托盘里，找一个位子坐下，然后开始吃。等到吃完了，一定会剩下许多没有打开的番茄酱包，因为实在拿得太多了，他们就把那些没有打开的番茄酱包和汉堡包的空盒子，喝了一半的大杯可乐，一起倒到垃圾箱里去了。这样的情形，好像是和麦当劳的那个红色的标志连在一起一样，看到了，就也看到了有人在扔掉番茄酱包。开始的时候，太阳还总是把自己没有吃完的番茄酱包送回到柜台边上的盒子里，后来她也泄了气。

最让太阳泄气的，是在她最喜欢，但是最贵的施瓦兹玩具店的糖果部里。那些糖果做得真好，太阳把她能在曼哈顿岛上自己支配的五十美金全都拿去那里买了糖，有做成 E. T. 的糖，还有做成蛔虫的糖，以及做成了脚丫子的糖，当然还有可以染舌头的糖，像石头一样的糖，像绳子一样的糖，还有"哈利·波特"系列里面提到的糖。那些糖很贵，可是太好玩了，小孩子们排着队要买。可是，他们总是急急忙忙地，毛手毛脚地往塑料袋里盛，要是落到地上，他们就踩在上面，好像是踩在灰尘上一样自然。太阳开始的时候惊叫起来。"No！"她说，可是没有人理她。然后她悄悄地对我说："你看我们能不能偷一点糖？既然他们可以这样糟蹋，还不如我们多拿一点给我班上没有来过这里的同学。"

看到东西被浪费，可不可以随便拿了不用付钱就走呢？说起来，善待糖果总是比浪费要好啊。但是关乎偷窃的是非观呢？这可是一个哲学问题。

但显然是不行的。太阳那天很不高兴，她认为她长大以后，一定会饿死的，也会冻死，因为像这样浪费下去的话，一切都在她还没有长大以前就用光了。开始她总是这样抱怨大人，因为她认为是大人用光了他们的东西，现在她知道孩子也在浪费，甚至是比她还要小的孩子。"那我当一个环保主义者，还有什么意思呢？"她说。

太阳最喜欢的 teenager 店

　　我喜欢的商店在东村的第八大道上。我们在第八大道上走了一会儿，来到了一家商店门前。里面发着那种令 teenagers（青少年们）都着迷的半紫不红的怪光。我立刻来了劲，一头扎了进去。妈妈跟了过来。这家店里的主人是个比妈妈要老好多的女人，把自己打扮成一个老巫婆的样子。

　　一进门，我就看见放在一块假石板上，用彩色软橡胶做成的一条鱼，石板上有一个红色的小按钮，我怎么忍得住不去试一下呢？按下红色小按钮，这条鱼突然蹦了起来，一边扭着它看上去非常柔软的身体，一边用男人的声音在唱歌，嘴巴一动一动的，头也不时地转一转。我用手去摸了摸它的身体，又凉又黏的，还在微微地振动，好像上海菜场里奄奄一息的鱼。有点恶心哦。往里走去，有一个人站到了我面前。我抬头一看，吓了一跳。原来是一个驼背的老头，他穿着老式黑燕尾服，戴着黑帽子，头发花白了，还有点长。他的脸上有种不怀好意的表情，手里好像很讨好地端着一个金色的托盘，我不敢去揭开来看。再仔细一看，哎呀，原来只是个假人。走过他，就看见一个放满了帽子的架子。我试了试一顶黑色绒布的无檐帽，上面长满了彩色的犄角，戴上以后，好像一个小牛魔王。我又看到一顶银白色的假发，于是立刻脱下头上的帽子，把假发换上，看了一下镜子，我不知道怎么去形容自己，反正奇怪。我妈过来看了一眼，叫我赶快拿下来，她是不是觉得我看上去像外婆了呢？我还看见许多许多的衣服。一看就知道是给teenagers的，因为他们的衣服比小孩子的大，比大人的小，而且颜色鲜艳得千奇百怪，上面总是有骷髅的图案，要不就是被挖出来的眼珠子。有时是非常荧光的外星人，贴在黑色的大汗衫上，有点刺激。我妈说，她可不能看这些东西，一看就头昏。我还没有决定，自己到底喜不喜欢这些让妈头昏的东西。

走到买衣服的地方，放着一个比我的头大两倍的骷髅头骨，我凑上去看看，它的眼珠子还在里面，牙齿上流着许多血，那是个玩具还是个摆设呢，这回我知道它不是真的。这个店里，还卖许多种装扮吸血鬼时用的假牙，里面有一种荧光的最厉害，有配套的染舌液，是甜的，把它涂在自己的舌头上，在几分钟内，就能把舌头变成绿色、红色或紫色。到小店的尽头了，那有许多我没有在中国见过的夜光产品。我最喜欢可以让字发光的夜光笔。我买了一些可以贴在墙上的夜光星星，只要先让灯照一照，关灯以后它们就可以自己闪光啦，能让我幻想自己好像是睡在野外一样。

这个店里有不少对我来说新鲜的东西，妈妈却觉得它们恶心，催我快点走。离开这家店时，我又按了一下那只红色的按钮，然后摸了一下又滑又软又恶心的鱼，与它告别。也许我还太小，没有到喜欢它们的时候，妈妈又过了年龄了，只是为了陪我才去的。我想那里的东西大多数都是用来恶作剧的。这样看来，一个人长到那时候，就会是奇怪的、刺激的、恶心的吧。只有他们才会喜欢妈妈所说的这种"烂东西"。

　　我觉得整个曼哈顿最fancy的地方，是下城的华盛顿广场、格林威治村、SOHO（苏豪）和东村，要是可以划到哈得孙河的对岸去，还有在差不多位置上的北伯根。每次到那里去，我都没有什么目的，不像到中城去，或者是到中央公园去那样，想好了要干什么。但到我心里fancy的地方去，没有什么目的，到了春街站下来，看到地铁站上那用黑色和白色的瓷砖在墙上拼起来的一行Spring Street（春街），心里就已经笑了起来，你知道心里独自莞然而笑是什么样子吗？就是你能感到你的心，在胸腔里轻轻地动了一下，就像笑的时候，你在你的脸上感到的那种动一样。

　　我最喜欢到那个街区去漫游一整天。

　　我带着太阳一起去那里玩。她追着我问，到底那里有什么好玩的。我只说，去查词典：fancy。

　　太阳嘿嘿地笑，说："啊，妈妈，就是花里胡哨的。"

　　我不相信，拿过词典来看，果然。"外婆早就说，你妈就知道喜欢那些没用的东西，花里胡哨的。原来这个词就叫fancy。"太阳嘿嘿地笑，证实了我妈的评价。

再怎么说，也是喜欢。

从地铁站出来，很容易就看到了红砖的房子，前面有矮矮的黑色铁栅栏，白色的长窗，墙上常常爬满了绿色的常春藤。看到了那样的房子，就到了格林威治村了，那是一百年以前纽约的艺术家和作家们喜欢住的街区。街头有时会看到一个小小的西班牙式的石头喷泉，独自在哗哗地流着清水。但是我常常第二次再也找不到它了，因为到我最喜欢的地方去，总不由自主就开始了漫游，不记得路名，没有目的，听凭眼睛望到哪里，就走到哪里，有时听凭腿迈向哪里，就向什么地方走去。

有时我看到一间旧书店，小小的一开间的门面，推门进去，铃在头上叮的一响，满面的咖啡香和书香扑过来。

有时候看到一家酒馆里，所有的桌子上都放着没有下完的棋盘，那一定是爱棋人消磨一个长长的夏天下午的好地方，只是在中午的时候，这里那么寂寞，好像一个等人的人。

有时看到街上有人在唱歌，还有人在打鼓，他们就有本事打得一条街上的人都按照他们的鼓点子走路，个个都笑逐颜开的。

还有一个长着八对乳房、四对屁股的街头铜雕像，老实说是个好看的雕像，我在看过以后就再也找不到了，它们就像大海里的鱼那样，露了露头，就不见了。

可是，看到的人，总是知道它们就是在大海里。我也总是知道它们就在我的fancy的街道上，再遇到了，就是了不起的惊喜。

太阳跟在后面，她还不懂得玩这些好玩的地方，只看到有儿童乐园的地方，就飞奔过去，一路高叫着："你玩过了，该我玩了。"

◆ 太阳十八岁

2001年　康州和纽约

◆ 陈丹燕三十七岁

其实她说得也对。

这样走到中午，买一个很大的热狗，一瓶草莓汽水，一小盒水果沙拉，到华盛顿广场的树下，对着喷泉坐下，吃一次新鲜的野餐。吃不了的东西，都可以喂给鸽子们。四周的人大多数是在纽约大学上学的学生们，他们在这里约会，或者在这里准备功课，或者是吃东西，他们让这个广场看上去有点像校园的样子，那是种放松和嬉戏的样子，正好也是我喜欢的，它让我也想起了自己的学生时代，那种没有名利压力，有许多自由的日子，真的好日子。有时在广场上可以看到学电影的学生们在拍摄他们的作业，也用人来演的，好像在玩着游戏，可又很严肃。

阳光晒得头有一点昏，闭上眼睛，就听到鸽子在周围咕咕地叫。

太阳早就到儿童乐园里去荡秋千了，她可以荡得很高，一直到别的小孩都尖叫起来。她长长的黑发像旗一样飘着。在那里，她还认识了一个叫Apple（苹果）的小女孩，玩到不肯走。那个秋千和沙坑，是她最fancy的地方，也是她最好的记忆。

东村比SOHO和格林威治村都要乱一点，可也好玩，因为那里总是可以看到些很有特点的手工商店，买的东西全都是拿木头用手工做起来的，或者是设计很特别的商店，总是可以看到自由而特别的商店，和第五大道上的店不同，连人都是不同的，多一点亲切和聪明，还有不在乎，就像在校园里见到的人那样。也可以看到老式的房子，很有故事的样子。在街口的咖啡馆里可以看到这个街区自己的报纸《村声》（ *The Village Voice* ），里面有一些指南马上就可以用上，要是有兴趣，又没有什么事一定要办，马上付了咖啡钱就可以找了去。好几个在SOHO的画廊画展，就是这样找到的。

我和太阳都喜欢那里的商店，总是可以发现，原来一件东西可以做得那么fancy。连肥皂都可以那么漂亮和温馨，连蜡烛都可以是散发花香的，连浴室的衣钩子，都是用木头做出来的一个旧旧的鸭子头。鸭子脸上有着天使那样纯洁而稚气的神色，还有鸭子的本分。很多很多。然后就打算，等自己回家了，也可以做什么什么。那里的商店和别的地方不同，就总是让我们因为看到了别人是那么心灵手巧而高兴。就是不买，心里也高兴。

我们常常要在那里流连好久，然后，又把那些店在哪条街上忘得精光。

晚上的时候，会有爵士乐队特地从芝加哥飞过来，在SOHO的哪条街上的酒馆里唱歌，但无论如何都不能让太阳喜欢那样的酒馆，因为里面不是像星巴克那样灯火通明的，在太阳看来，一律都是不良场所，只有奇怪的大人才有兴趣去的。她和艾文两个人是宁可在家里玩超级玛丽，也不要跟我们去百老汇看《歌剧魅影》的。

在这些街区到处乱走的时候，太阳总是说："你是野人。"那是她崇拜什么超级坚强的人，才给封的称号。她一定觉得这样到处乱走，很累吧。就像她可以在迪士尼乐园，把一样一样东西全都玩过来，连中午饭都不要吃，只要喝水、吃冰就行了。到晚上洗澡的时候，才发现她把一双舒服的球鞋里面的棉袜子都走出一个大洞洞来。

纽约地铁其实很可爱

　　事实上，美国不是一个适合自助旅游的国家。第一就是因为它的公共交通并不好，可国家又太大。要是不能自己开车，在许多地方，你就等于是个瘫子，至少是个瘸子，可是纽约除外。这一点非常可爱。在纽约开车出去才是个负担，因为要找一个又好又便宜的泊车位，很不方便。常常在前面看到一个合适的车位，一车里的人都要欢呼起来。

　　纽约有很好的地铁系统，无处不到的地铁在曼哈顿坚硬的岩石底下常常有三层之多，是世界上最复杂的地铁系统，也差不多是世界上最早的地铁系统，太阳到第42街的地铁总站的咨询台上去做了查询，在她关于地铁的札记里说，纽约地铁的轨道有656英里长，有468个车站，每一个主要的车站里都有各种商店，就是不起眼的小站上也至少有烟杂店、饮料店和卖报纸杂志的报亭，像一个地下的王国。在纽约的日日夜夜里，我们不管到了什么不认识的地方，只要找到地铁，就可以辗转回到家。

我和太阳常常在地铁里看人，还要评论别人。对于我们这样的东方人来说，许多纽约人胖得太厉害了，特别是女人的屁股，有时大得让我们不能相信，于是，我们用古汉语中的词来命名那样的屁股，我是偷偷冒犯了别人的自尊，因为太吃惊。有的人像马那样健壮，有的人像水上的冰山那样又大又颤颤巍巍的，有的人上面阔大，而到了按理说该是圆圆的地方，却突然尖了，像芒果那样，还有的人像一把大伞一样圆。那些各种各样的屁股就这样被包在各种各样的裙子里面。太阳总是拉我一下，警告我不要形于声色。在冬天时，可以在地铁站里听到救世军清亮的铃声；在夏天时，可以听到非常够水平的乐声，那是穷苦的学生在夏天挣钱呢，我和太阳都向往在地铁站拉琴挣钱，然后云游万里这样自由的生活，所以我们都愿意在那里站一下，听一下，然后把钱放到黑色的，打开的琴盒里去。

有一次，从大都会艺术博物馆的站口出来，太阳一路不知道要看什么，一下子把手放到别人的手里，当她感到那只手比我的要大，而且要厚实的时候，才发现走在边上的是另一个妇女，她拉着别人的手呢。她赶快道歉，那个妇女笑着说"甜心没关系"。太阳小心眼地说："还好她不是个变态的，不是个拍花子的。"然后把手伸到我的手里："你摸摸，一手的汗吧，都是吓出来的。"

说起来会那么怕，可我们还是喜欢在地铁里看人的，在那里真的可以看到纽约所有的人。太阳也喜欢，还特地写札记。

我会看到非洲人，他们的发型总是非常奇怪，男人不是光头，就是头发弄得像拖把一样，女人的头发常常染成红色，或者是髻发，或者把它们编成一个个像麻绳一样的小细条，扎得那么紧，把头皮都露出来了。

还看到印度人，男人头上都有透明的，用很薄的棉布裹成很大的一个帽子在头上（有点像阿拉丁戴的帽子，只是布的裹法看上去不大一样）。女人的头上披着一层纱，她们的眼睛通常都很大，眉心当中贴着一个红点，是代表吉祥的意思。

我还看到犹太人，他们特别信自己的犹太教，连穿的衣服都不一样。听说犹太教里有不同的教派，一般的人一生下来，男人就要在头上戴一个小帽子，一直到死都得戴着。我觉得奇怪的是，这顶帽子怎么也不掉下来，就像长在头上一样。比较严厉的那个教派，就得留着大胡子，穿黑衣服，戴一顶比礼帽还要高一点的大黑帽子。因为我在电视里看到古代时候的犹太人就是这样穿戴的，现在看到这些人还那么穿戴着，走在纽约这样现代化的大都市里，乘地铁，手里还拿着手机，真的很奇怪。

不过，还有更奇怪的。有一回，我在地铁里听到一个黑女人突然唱起歌来了，她手里捧着一本红色的，上面画了一个金色十字架的《圣经》。她唱的是黑人的灵歌，我只记住她唱的其中一句："Jesus is a light of my life.（耶稣是我的生命之光。）"她唱得很投入，车上也没有人嫌她吵，可是也没有人理她。这种歌很好听，唱着唱着还要拍手。妈说她说不定是传教的人，叫我不要盯着别人看。

还有一次，我在地铁上看到一个疯子，衣服破破烂烂的，头发又长又脏，挤在人群里，自言自语，还面带微笑。车上没一个人理他，他说了一会儿，就跑到别的车厢里去了。纽约的地铁不像上海，衣着不整齐的人都不让进，更别说是疯子了。

在地铁上卖东西的人也很奇怪，他们一上来什么也不说，就把想卖的东西放到每个人手上，转了一圈以后，再一个一个往回收，想要买的人就把东西留下，把钱交给他，什么话都不用说，就做了买卖。

这只是纽约地铁里奇怪的事，还有恐怖的。我妈在报纸上看到，科学家的研究报告说，纽约地铁里的老鼠的智商有七岁孩子那么高，它们的身体有两只手接起来那么长。我想，七岁的时候，我都上二年级了，那里的老鼠说不定还会说话了呢。我很想见见那样的老鼠精，妈妈在罗斯福大街的那一站见过一次，她说那老鼠一个个都肥得要命，能谋杀小孩子了。我妈还说要是我不好好跟着她，在地铁里迷路了，就正好当老鼠的点心。（当然这一点我是不相信的。）

当地铁转弯的时候，常常开得很慢，在地下的深处，有时会亮着一盏橘红色的小灯，照亮了黑乎乎的墙。通常那是工人在修路，或者是在维修什么。那里的墙上湿乎乎的，还写着潦草的大字。在美国的恐怖电影里，就是在这种地方，变态的人用地铁列车喷出来的热气把人杀掉，蒸汽很烫，马上就能把人身上的肉都弄掉，只剩下骨头，所以我害怕这样的地方。也不想看到那里的工人。

哎呀，纽约的地铁就是一个混血国啊。

太阳这一点说得不错，纽约的地铁就是一个混血国。她了解混血这个概念了，这是纽约的本质，看来这个小孩找到了她应该得到的知识。有时我感到困惑，我带太阳出来玩，是为了我们在一起度过一个美好的夏天假期呢，还是来上暑期社会实践课程？我们总是在一起旅行，我们的旅行是为了将来有共同的记忆呢，还是我教导我的孩子如何去看世界？或者这是矛盾的，因为太阳更想轻松地过她想过的夏天，我显然强迫她去做了我希望她做的事。

或者这一切都不矛盾，旅行总是有喜怒哀乐混淆在一起。一个妈妈带着一个孩子旅行，总会不仅仅吃喝玩乐。

带着一大包脏衣服
离开纽约

　　像所有的旅行一样，当要回家的时候，我们总是带着一大包穿脏了的衣服，用它们来包着买来的纪念品和礼物，还有晒黑了的鼻子。手指也晒黑了，所以把戒指取下来，太阳和我的手指上都有一小条特别白的皮肤。

　　在曼哈顿玩，的确要走许多路，因为只有慢慢走，才能看得清楚。要是去博物馆，更是这样。可孩子到底走不了那么多的路。和太阳在一起，当我们都累了的时候，我们就会找一些歌来唱。我们是两代人，会唱的歌不大一样，所以唱起来听得很新鲜。我们也有一些歌都会唱，比如太阳喜欢唱的《我是一条鱼》，我喜欢唱的《亲爱的爸爸》，我们就可以一起唱。那一次我们要从中央公园的这一头走到那一头，有几十个街口要走，要看，又是个黄昏，我们就唱了一路的歌，好几遍《我是一条鱼》和《亲爱的爸爸》，路过的人听到了，有人回过头来对我们笑，我们想到了蟋蟀切斯特的故事。后来，居然也没有感到特别累，晚上还和艾文以及他

◆ 临行前太阳的房间

妈妈一起去第34街吃烤肉。

这一天的傍晚，我们离开曼哈顿去新泽西了。汽车在花园道上开着，开着的车窗外有一股股树和青草的清新气味，大树下一闪一闪的，是最早出来的萤火虫，它们贴着高高的夏天的草，慢慢地飞着，好像为了一个可以发光的肚子，它们就飞不动了一样。

在新泽西的山坡上，回过头去，又一次看到了曼哈顿，像《木偶奇遇记》里的仙女用仙棒点过那样，曼哈顿岛上所有的摩天大楼都灯火通明的，非常美丽。在下城的世界贸易中心的双子楼通体光明，像夏天阳光下的两支盐水棒冰一样。从那上面看到的自由岛和自由女神像，就像一片树叶一样。然后，那曼哈顿忙碌的地下也浮现在我的眼前，地铁里面抱着一本红色《圣经》唱歌的黑女人，她对太阳高声唱道：上帝就是光。太阳则悄悄将自己挪到我身后，躲了起来。还有从地铁站昏暗的地方一蹿而过的肥大的老鼠，在格林威治村的华盛顿广场上玩滑板的年轻人，太阳在那里学会了滑板。

我想叫太阳看看曼哈顿的夜景，可是她已经睡着了，她的球鞋散发出淡淡的臭气，她的长发散发着孩子的汗气，有一点酸酸的，她就像我们放在行李箱里，用脏衣服小心包着的那些从纽约买回来的礼物一样。现在，这个从康州来的乡下蟋蟀也离开曼哈顿了，我很想扒开她的梦看一看，她会在心里留着什么样的纽约印象。我想，我这个妈妈，在民主的幌子下，忍不住也有一颗灌输的专制的心吧。

我离开纽约回到了上海，太阳回到韦瑟斯菲尔德镇接着读她的七年级。离开纽约以后，她的理想从要当一个律师，变成了要当一名玩具设计师，因为这个工作要用到一些手工，一些画画的技巧，一些挖空心思的贪玩，还有一些好运气，她衡量了一下自己，发现她差不多都有。于是，她去参观了每年在纽约举行的玩具博览会，希望自己像那个发明手上微型滑板玩具的十六岁男孩子一样，在纽约的玩具博览会上大获全胜。小时候太阳也去过纽约，在格林威治村住过，在那里的playground（操场）学会了滑旱冰。但她没有说自己喜欢纽约，她只喜欢那个playground。这次她发现了更好玩的东西。

那一年的冬天，康州下了五十年以来最大的雪，有好多天太阳的学校都停止上课了，小孩子都留在家里。所以到暑假的时候康州的学校都推迟了放假，补雪天停的课。

下雪的时候，太阳和她的小朋友在家门口堆了一个雪人，从路上捡了一个南瓜，在大雪把屋子后面的小树林全都封住了的黄昏，和小朋友一起背诵过那首描写康州下雪晚上的诗歌。长长的雪天，等校车的时候，太阳露在外面的脸，比冰还要凉。等黄色的校车在拐角的房子后面出现的时候，太阳总是最先看到校车上的黑人司机的笑脸，"很大的黑色的脸上，都是笑，黑人很好的"。太阳说，她不再是那么战战兢兢在哈莱姆大街上走路的小孩子了，她也告诉过自己班上的黑人同学，哈莱姆的餐馆里灵魂饭是什么样子。在离开了纽约以后，太阳才知道纽约已在她的心里住着，这就是旅行的真正的礼物。

夏天时，太阳突然说："我其实很想纽约的，我以后要到那里去上大学，我到第五大道上逛街，到施瓦兹店去玩玩具，到格林威治村去散步，那里的商店里都是Fancy的，还要到东村街上的馆子里去吃饭，可以看到各种各样的人，我最喜欢人多的地方，大家都挤在一起最好玩。"

第二年的九月，太阳开学不久，纽约的世界贸易中心被飞机撞毁了。太阳以为那也是平时看到的好莱坞电影，学着电视里在大街上哭喊奔逃的人的样子，呱呱地笑。学校的附近是小镇上的飞机场，一到有飞机降落的时候，坐在窗边的同学就大叫一声："Plane！（飞机）"然后大家都躲到自己的桌子下面去，老师也躲到自己的讲台下面，可是大家都在桌子底下呱呱地笑。大多数同学都穿了蓝白红三种颜色的衣服来上学，那是国旗的颜色，也有人在脸上画了面国旗。太阳用了三种颜色的丝带扎辫子。太阳学校里面传说，有一个同学的爸爸也死在那两栋大楼里面了，那个孩子马上就转学走了。

在康州的人们心里，纽约发生的事情好像都不是真的，直到

辛妮所拍摄的世界贸易中
心的双子楼以及靠近的土楼，
以及附近的一些书间，现在，照
片上所有的东西都已经成了废
墟。

在他们的州里发现了炭疽信封。

太阳问我："那个大厦，真的就是我们那年夏天常常转地铁的地方吗？"

我说："是的。"

她问："就是在老教堂旁边的？"

我说："是的。"

她停了停，说："有时候我们不晓得地铁入口的时候，你还叫我自己去问警察，我老是去问那个站在比萨饼店旁边的黑人警察，他长得和我们学校校车上的司机一样。"

我说："是的。"

太阳说："那汤姆大叔一定也死了。警察总是让别人先走的，消防队员也是这样。"

然后太阳就不说话了，紧紧地闭着她的嘴。其实，她是一个害羞的小孩，最怕自己伤心的时候被别人看到，要是受了委屈哭，好像比较理所当然。"很可怜的噢。"太阳说。

后来她又说："我一点也不喜欢自己 feel sad（感到伤心）。"

我说："如果你去过一个地方，你喜欢那个地方，那地方被毁了，你不 feel sad，才怪。"

她说："那你去过那么多地方，你不要 sad 死掉了吗？"

我说："要是它们好，我也有很多高兴啊。"

太阳说："等我去那里上大学的时候，纽约一定已经和从前一样好了。"

西岸 你妈妈是在
为你和她自己骄傲，甜心

太阳

　　早晨起来发现外面的景物模糊不清，我下意识地揉揉眼睛，发现并不是因为自己的眼屎太多！我听到妈妈尖着嗓子说："不得了！外面大雾啊，飞机不能开了，怎么办啦怎么办。"妈妈她呀，我有时觉得她太容易大惊小怪了，我和爸爸常常只是在一边摇摇头，然后转身走开。不过妈妈常常发完牢骚以后就会自己安静下来，很快就哼着旋律好听的小调，去做自己的事去了。今天也是这样。上午，我们将所有旅行要用的东西都装进了箱子，那是一个用了好多年的旧绿箱子，甚至破了一个口子，爸爸帮我们用宽胶布从里面将那条口子粘了起来。这是我们最后一次用这个箱子啦。我和妈妈好几次带这个箱子到纽约和康州，我喜欢它的轻和它的老。妈妈带了好多东西，带了冬天的衣服，却只有几件夏天的衣服，听说那里的冬天非常冷的。我早已经打包了好几双很结实的袜子了，这在旅行中极其重要。除了我们脚上穿的鞋子，妈妈还给我们一人多带了两双。她不会是怕我们把脚上的鞋都穿破了吧。还有好多护肤品，真的好多，装了满满一大包呢，擦脸油、擦手油、面膜、眼膜都带上了，最可恨的是，她让我背着，说在飞机上就要开始用了。不过妈妈的包里也有不少的东西，好多胶卷，还有两个照相机，都是那些比较重要的、不信任我去管理的东西吧。

中午，外面的雾散得差不多了，我们很顺利地登上了飞机。妈妈一上去就倒头睡下了，她晕飞机。我睡不着，一直在看书，看电影，听音乐，再津津有味地观察周围千姿百态的人，我喜欢看人。一个外国人开着灯在认真地看书，那纸都黄了，印着很小的虫子一样的黑字。四个北京的男人在大声谈论着什么，我站起来看了一下，他们在打牌。飞机上的暖气开足了，我身后的那个中国男人将外套都脱了，只穿了一身棉毛衣裤，直挺挺地躺在五个人的座位上，打着很有节奏感、非洲鼓般的呼噜。很多大人都睡着了，但所有的小孩都和我一样一点都不要睡觉，毕竟这样可以连续好几个小时看电视的机会是非常可贵的，千万不能错过了。我侦察了飞机上的各种安全设施，就像起飞前广播里介绍的那样，居然真的都在那里啊，我之前怀疑过它们的存在。

飞机上的厕所是我最不喜欢的地方。因为它的地上常常有可疑的水，湿湿的，我讨厌去用。我在飞机上像妈妈一样，会把鞋子脱了，穿厚袜子更舒服。那地上的液体，谁知道是水还是尿呢，我可不想弄湿我的袜子，厚袜子是旅行中最宝贵的东西呀。我也不喜欢飞机厕所里的灯光，它的颜色很奇怪，被那光照着的脸，从镜子里看出来又老又丑的，和我家电梯里的灯光一样，我和妈妈都叫它"死光"。厕所里的马桶圈就不用说了，上面常常有别人留下来的尿尿，所以我每次像练马步一样，翘着屁股上厕所。到抽马桶的时候，那声音简直响得吓人，我每次冲水时都贴着门站，紧拉着把手，盯着不锈钢的马桶愣半天，因为那声音好像要把我一口气从马桶的洞里吸走一样。上厕所以前我一定会做很多心理斗争，真的只有到逼不得已的时候，才会硬着头皮去的。飞机上的食物，有时候它们虽然好看，好像日本拉面店门口摆设的假样品一样，但是它们并不一定好吃，胡萝卜和鸡肉怎么也吃不出它们真正的味道。窗外的云很好看，像被子一样看上去又厚又软，让我想起我家里床上的被子。天太蓝了，简直就不像是真的天。我问妈妈要是真的睡在云上会怎样。妈妈因为我不喜欢巴洛克，还在生气，她斜着眼睛说，云就是水汽，什么也不是，你就直接掉下去了，一直掉到地上，像一块陨石。妈妈真记仇啊，唉，妈妈。

妈妈

我和太阳坐在靠窗的座位上，飞机在白云上面移动着，那些云看上去很结实，很白，很厚，那是高空中不见人间烟火的洁净的云朵，像巴洛克教堂里的天庭画里的天堂的云。太阳已经十四岁了，她开始喜欢艺术，但讨厌巴洛克艺术，甚至连巴洛克的音乐都不喜欢。当我说那些云看上去像巴洛克式的，她重重地做了一个鬼脸："妈妈你比莫扎特还要老啊。"她已经青春期了，她的心情和行为开始一会儿像大人，一会儿像孩子。

"那你说像什么呢？"我假装不耻下问。

"像最软的被子。"太阳耸耸肩,"我从小就这么想,可你从小就这样对我说,像巴洛克画出来的天堂。你不记得了?那时我才六岁,我们夏天来美国,住在叔叔家。"

是的,那时候,小太阳还有些晕飞机,她总是将座位之间的扶手拉起来,睡在我的腿上。当她睡熟的时候,有时口水美美地流出来,弄湿了我的裤子。有时她故意将她的口水涂在我膝盖上,引我惊叫。那时她就高兴地笑,她的门牙在咧开的嘴唇里坚实地闪着光,那些牙齿在她还没有成熟的面颊上显得很大,上面还留着浅浅的锯齿。

"好吧。"我说,"被子就被子,你这个人从来就没有想象力啊。"

太阳照耀在大朵大朵的云上,它们变成温暖的黄色。在云彩的缝隙里,能看到起伏的绿色田野和河流,那是中部的平坦大地。我喜欢中部那绿色的大地,而太阳则不喜欢中部的乏味和安静,自从离开纽约后,她就向往曼哈顿。

"我从来都没有说过你那种巴洛克的不好,"太阳表扬自己道,"从来没说过其实巴洛克最做作。你要喜欢什么,我总是让你去喜欢的。你要当一个做作的人,我虽然遗憾,但也不说你的不好。妈妈,你要学一点我的宽容精神啊。"

她拍拍我的头:"咳,妈妈。"

小时候她是个多乖的女孩,把妈妈看得多么神圣,十岁的夏天我们一起去迪士尼乐园玩,晚上看水舞,看到她小时候睡前故事的主角们——出场,彼得·潘,维尼熊,叮克玲,公主们,米老鼠,还有带着雨伞的玛丽·波平斯,她曾经紧紧拉着我的手惊呼:"妈妈,他们原来是真的,是真的。"那些在靠窗小床前度过的讲故事的晚上，在声音里建立了一个世界，那些在20英寸的日本电视机前看动画片的黄昏，在电流里建立了一个世界，现在，那些虚幻的世界突然变成了真的。"噢，噢，噢妈妈。"她的手肉乎乎的，是小孩子天真而依赖的手，紧贴着我的手。

我不知道，过了四年，我们再一次去西海岸，我们会经历什么，太阳长大了，对她来说，那个迪士尼还是不是原来的迪士尼，那个环球影城，还是不是原来的环球影城。对我来说，我不知道太阳还是不是原来那个太阳。不旅行的时候，我们不睡在一张床上，她更多的时间是在自己房间里。有时我们打打闹闹，有时我们一起做着什么，我感到，现在我们在争论和调侃中探索着建立新联系。而旅行则让我们不得不好好学习相处，她和一个有些疑惑不解的妈妈相处，当然还有点对青春期的不买账。我要学习和一个长大的孩子相处，以我自己的青春期经验，这时的孩子，可不好相处，都是难弄的"小死人"。不可斗勇，必须斗智。

"我都不知道，你这次会怎么看那些小时候玩过的地方。"我说。

"我们会看到的。"太阳狡黠地回答说，她看看我，再次拍拍我，"不要担心，妈妈，我肯定不会像小时候那么乖了。"

"这是肯定的。某个乖孩子已经消失在某个青春期疯子的身上了。"我说。

太阳

　　和妈妈一起旅行毕竟还是很开心的。因为妈妈大我这么多岁，自然懂得比我多很多，所以无论去什么地方，妈妈总能滔滔不绝地在一旁为我解说。我一直觉得妈妈是个神奇的人，什么都知道。也许有些东西她也只知道皮毛，可因为她能说会道，所以她把自己变成了一个百样精通的人。我和她在一起，基本没什么资格和机会发表言论，所以我只能自己看看，想想，偷偷小声嘟囔两句。我长大了，有了自己一个人旅行的经历，我觉得一个人的旅行又是另外一种幸福，很自由，当然每次一个人旅行都离不开妈妈的叮嘱，和她告诉我的那些旅行秘诀，所以妈妈还是给了我最大的帮助。我从小和妈妈一起旅行，是这样成长起来的。大概我会很像她的吧。

妈妈

　　和太阳一起旅行，也是我们俩的一种玩吧。

更小的时候，太阳总是跟在我后面，央求着："我们一起出去玩吧，我们去玩吧。"仰着她团团的脸。于是，我们一起去隔了两条小马路的街心花园，那里种着我小时候就有的夹竹桃树，街心花园里还有一尊音乐家聂耳的铜像。那个街心花园，我小时候也来玩。我带着太阳在夹竹桃树下面走过，告诉她，不要去碰那些花和树叶，它们有毒，那是我小时候被警告过的。经过那些夹竹桃，我们去儿童乐园，我小时候那里所有的滑滑梯和跷跷板都是木头做的，上了漆。现在，所有的玩具都是塑料的，做成乐高玩具的式样，也有了同样鲜艳的颜色。

后来，太阳长大了，我们开始一起去长途旅行。在旅行中同睡在一张床上，共同遇见各种人、各种事，共同对付我们遇见的种种麻烦，也享受那些美好的时刻。第一次在新泽西吃到最可口的樱桃，第一次在圣莫尼卡海滩上看到最好看的晚霞，第一次在马洼的树林里看到闪闪烁烁的萤火虫，第一次在多伦多的郊外迷了路，第一次在环球影城坐上电动自行车，在E.T.的电影布景里飞过电影里出现过的那轮大月亮，飞越月亮时，我告诉太阳，我看到E.T.打电话的时候哭了。她告诉我，她看完电影以后的一段时间里，天天晚上睡觉，都在我离开以后悄悄起床，将她房间里的窗子打开一条小缝，好让E.T.进来。跟着环球影城的电动自行车飞过月亮的时候，我们告诉彼此以前从来没有告诉过对方的，关于E.T.的事情。有时我感到，在太阳青春期到来以后，我们的关系在旅行中才最像我感觉中的母女，这时才有点相依为命的意思。

想起来，这真是好的经历啊。

太阳

　　加州的阳光，真的像歌里唱的那样，是橙色的，晒在身上暖洋洋。但它也很有穿透力，我都感觉到我含着阳光，因为我的舌头也是暖洋洋的，我的骨头也是暖洋洋的，暖得都有点发酥了。我和妈妈一起去迪士尼乐园。这次我们也和上次一样参加了旅行社的一日游节目。远远地，我又看到那个大门了，还有大门前排队的人群，花花绿绿的，这里又有了一个新公园，叫加州历险公园，但我们只能去一个，我们还是选择了原来去过的那个，我知道和我小时候一起长大的故事和故事里的人，都在那里等着我。

　　我们先去了Jungle Cruise（森林河流之旅），是属于adventureland（探险岛）里的一部分。我小时候第一次来的时候就是先来这里的。那次我们的旅行团里还有两个从华盛顿来的姐妹，我们三个人老在一起玩。我们坐在木船上，在水上经过丛林，里面有做得很逼真的动物，还有印第安人和死人骨头，当船经过大象时，它的鼻子会向我们喷水，经过丛林里的食人族时，他们会突然从树后面站起来，做出要抓我们、要打死我们的样子，鳄鱼也会突然从水里探出一个脑袋来，还张大嘴，露出牙齿，当它重新回到水底的时候，还会吐出一连串的水泡，发出骨碌骨碌的声音，让人觉得自己真的在丛林里。小时候我喜欢这个地方，看到什么都尖叫，这次我觉得它有点孩子气，我想我是长大了吧。

然后我们看到了Splash Mountain（飞溅山），我很记得上次我们来这里，是和一个从澳大利亚来的叔叔一起坐橡皮筏子的，他带着我和华盛顿的两姐妹一起玩这些刺激的节目，我们被绑在皮筏子上，从五层楼高的瀑布上，直直地往下冲。

远远地，就听到皮筏子上的尖叫声了。我马上就激动起来。

妈妈一听到别人尖叫，就吓得躲到一边的商店里去，硬说自己上次感冒的时候，似乎得过一点心肌炎，也算是心脏病，不能上那样的地方玩，而且还理直气壮地说那上面的警告上写明了，心脏不好不能去玩。我只好还是自己上去了。

起先，我们的小皮筏子在各种各样鲜艳美丽的花丛中划过，大家都高高兴兴地看着那些花花草草，但同时我们能听到在不远处传来的尖叫声。我认为世界上最恐怖的事，就是把可爱美好的东西和凄惨恐怖的东西放在一起。所以从听到尖叫声的那一刻起，我就有不祥的预兆，我不由自主地四处张望，看看有没有可能一下子从筏子上跳到岸上去。当然一切都是徒劳的，扣在身上的保险带让我回个头都困难，更不用说要跳出去了。我只能两股颤颤，坐以待毙也。皮筏子开始往上走，越来越高，到了顶，它突然停住了，好像要让我们欣赏一下高处的风景似的，然后又"轰"的一声掉了下去。我感到我的心还在上面，但身体已经落到很下面了，这种感觉实在太刺激太过瘾！

结束时，我两只脚颤着颤着的，就出来了，右嘴角还吊着一抹傻笑，把妈妈都看傻了。

然后，我们就去Tomorrowland（明日世界）。那里面的东西都是属于未来世界的，到处是火箭、飞船和金属做的房子，还有卫星接收站之类的。而我去那里最主要的目的，是要去找上次因为时间太紧没有玩成的Space Mountain（飞越太空山）。上次我就想玩，花了两个小时排队，好容易要轮到了，可机器突然坏了，大家都不能玩，太倒霉了！所以我来这里之前就下决心，什么都不玩，也要先玩到这样。我看到开始排队的那个金属的通道，里面像从前一样，闪着蓝莹莹的光，像太空的颜色，心情就激动了。天空中不断传来雄伟的音乐，就像未来世界里英雄出场的时候响起的音乐，我觉得自己也像英雄要出征似的。

当然又是我一个人，妈妈还是用她的"心脏病"做理由。

这次人不多，我很快就排到了。两个人坐的小车，只有我一个人坐。坐上去之前，我就有了不祥的感觉，因为看见从车上下来的人，个个都面色发灰，一言不发地离开，连五大三粗的男人们都使劲在自己的心脏那里按摩。但我也不能不去。

车子启动了，慢慢驶进黑暗中。突然，一道红光，又一道白光，车子加快了速度，不对，不是加快的问题，而是突然疯了。它上下左右来回乱蹿，像吃了兴奋剂的疯子。我坐在疯子身上，一下头朝上，一下脚朝上，四周一片黑暗，十分压抑，我心里默念阿弥陀佛，心想，在这种情况下，只要自己活着出去，就太幸运了。终于经过了整整五分钟的折磨后，我拐着两条罗圈腿出来了，感觉自己就像从洗衣机里出来的衣服一样。

妈妈在一旁幸灾乐祸地阴笑着，还假惺惺地问我玩得好不好。

我不认输，只好用发颤的声音说："好玩得不得了。"

我软绵绵地跟着妈妈，我们路过了"旋转飞机"，我看都不想看它，就怕自己会当众吐出来。为了掩盖自己的没用，我对妈妈说："我饿了。"

妈妈

我怎么也不明白，为什么太阳老是喜欢玩这种疯狂的游戏，小孩子似乎都喜欢，他们在上面不断发出尖叫声，但我听出来，那声音里面，兴风作浪的成分大大多过恐惧。迪士尼乐园半空中的阳光里，到处都充满这样的尖叫声，还有缆车呼啸而过的声音。过了会儿，我看到太阳夹在一大群脸色发白的人中间出来，恍恍惚惚，像从天上飘飘摇摇落下来的烟花。她怎么就这么乐啊？

我只感到非常庆幸，因为太阳已经长得足够大了，她甚至都已经谈过一次小恋爱了，我可以不用像上次那样处处陪着她。我无论如何也做不到像美国的成年女人那样，在那种疯狂的机器上，咧着张大嘴，笑个不停，我实在觉得有点傻。但是我羡慕太阳，在她这么大的时候，我的少年时代，我们最刺激的是什么？好像是杀猫和打架，或者是拉手风琴唱歌，都是极为古老和阴沉的娱乐。

　　四周终于安静下来，我和妈妈向Fantasyland（梦幻世界）走去。那里有好多矮房子，每个矮房子的门上都画着各种著名的童话人物，像白雪公主、灰姑娘、彼得·潘、睡美人什么的。走到每个小房子里，都让我们坐在双人小车里，小车开动了，就滑到房子里去参观那个故事里出现过的场景。去彼得·潘的房子里，我们坐的小车是海盗船的样子，我们像彼得·潘一样飞进了温迪他们睡觉的房间，还去了Neverland（梦幻岛）。在那些小房子前排队等待参观的人很多，而且有很多是大人，还有老人，我想，他们一定都想回忆回忆，自己小时候听故事时有过的快乐吧。这好像一种传统，一种历史，就像中国人都从小知道孙悟空和《西游记》。

　　那里的街道上，到处能看到童话故事里的人物，阿拉丁，茉莉公主，维尼熊，玛丽·波平斯和她的黄狗以及企鹅，他们穿着电影里的衣服，在那里走来走去，向人们打招呼，与大家合影。看到他们，大家都满脸是笑，又激动又不好意思，这不知道为什么，我也觉得有点不好意思和他们打招呼，可心里激动得要命。我想起来，我一直是个喜欢看动画片的小姑娘啊。看着他们真实地走来走去，我身体里的骨头和每个细胞都在跳舞。不过，我没有和美人鱼、灰姑娘、白雪公主等那些公主们照相，因为我不喜欢她们，她们都太女人气了，我喜欢滑稽的、有趣的，不喜欢那种浪漫的。但不管怎样，无论如何，天塌下来也好，那些在迪士尼乐园里到处游荡的动画人物，一直是我的最爱。

　　我用了妈妈照相机里最好的幻灯胶卷，和我小时候喜欢的故事里的人物们照了相，还说了话，像做梦一样。

玛丽·波平斯阿姨是我小时候看过的一本童话书里的人，她是个又美丽又神奇的保姆，能撑着那把有鹅头做伞柄的大伞到处飞。她下楼梯的时候从来不用走的，总是坐在楼梯的扶手上飞快地滑下来。她当保姆，可从来不用自己打扫房间，只需要几个响指，一切就都干净了。我十分崇拜她。后来我到美国，在街区图书馆里借到了电影的录像带，所以我这次在人群中一眼就把她和她的企鹅给认出来了。和她照相的时候，我告诉她："你真厉害，我小时候在中国就开始喜欢你了，一直到现在。"她惊讶地问："中国也有玛丽·波平斯吗？"我狠狠地点头。她高兴地打了一个响指。

黄狗特别喜欢我，我还没过去，它就来将我拉过去了。我特别喜欢狗，也特别喜欢抱狗，所以黄狗喜欢我，对我来说也不是个例外。当我很想抱一样东西的时候，我的肚子里就会有一种痒痒的感觉。我兴奋地看着黄狗，我的肚子里开始痒痒的了，我想黄狗一定也很开心。因为它不光用大爪子揽住我，连嘴边上的毛都激动得竖起来了。虽然黄狗在电影里又蠢，又小心眼，还坏，但它还是可爱，我还是喜欢它，从小我就最喜欢看到它倒霉、使小坏。妈妈那时总讽刺我看得入迷，说："你要不要跑到电视里面去，你有本事倒是进去呀。"

《小熊维尼》是我最喜欢看的动画片。所以，我一看到跳跳虎，就不顾一切地奔了过去。跳跳虎旁边站着驴子，我不太喜欢驴子，因为它总是愁眉苦脸的，好像它是世界上最倒霉的驴子，在它身上只有一点吸引我，就是它的尾巴上扎了一个粉红色的蝴蝶结。我喜欢跳跳虎，拍照时我就紧紧地抱了它一下，却冷落了旁边的驴子。照片上的驴子看起来比电视里的更难过了。我有点后悔没有抱抱它。和跳跳虎照完相以后，我就一直在找维尼和小猪。突然听见妈妈尖叫一声："维尼!"我顺着妈妈尖尖手指指的方向看去，果然看到维尼在一堆蜂蜜中忙着和一堆小孩照相。大家都喜欢它，我排了好久，才轮到过去和它照相。我告诉它，我要把它抱得很厉害，很紧，透不过气来，因为我没有机会抱抱驴子，剩下的一半拥抱是给驴子的。"要是遇到驴子了，请把另一半拥抱转送给驴子。"维尼点了点头。我吸了一口气，用尽所有的力气，给了它一个世界上最大最大的拥抱。

最好玩的是去米妮家和她照相。我的第一个米妮娃娃是三岁的时候有的。是妈妈的一个朋友从日本的迪士尼乐园带来送给我的礼物。她穿着夏威夷花裙子。我对她最深的印象，是她总是兴高采烈的表情，和她大得出奇的脚。我真佩服她的小细腿能承受这么大的重量。在米妮的房子里见到她时，我高兴极了，因为她和我的娃娃长得一模一样。

她的家也和动画片里面的一模一样，真的就像妈妈讽刺我的那样，走到了电视里面去了。和她照相的时候，我也努力将自己的眉毛扬得像她一样高，一样"贱"。

妈妈

有很多人忍不住要与迪士尼乐园里各处的童话人物合影，那是来自世界各地的人，不论大人孩子，都这样。在那些合影的人满脸的笑容里，总能看到一种难以置信的惊奇，孩子有孩子的，大人有大人的。孩子多半是不能相信自己竟然与童话电影里的人抱在一起了，大人多半是不能相信，自己竟然能突然重返童年父母家那台老式的电视机旁。玛丽·波平斯，小熊维尼，彼得·潘，那都是我大学时代写毕业论文涉及的人物，看着他们，我当然也想起我的平凡的大学时代，还有太阳小时候临睡前，央告大人讲故事，我的丈夫隆重地向她介绍我说："让你妈妈讲，她从上大学开始，就是干这个的。"

太阳满园子转着，和人照相。我们常常需要排在队伍里等一会儿。

渐渐地，我留意到一个坐在轮椅上的胖女人，她也总在各种各样的队伍里，等待与维尼熊照相，与驴子照相，与灰姑娘照相。她的皮肤因为没有足够的阳光照射，白得发青。轮到她的时候，她就像一株青菜一样，在别人的搀扶下，从轮椅里站起来，过去紧紧挨着那些色彩缤纷的人。即使现在她已经又老又病，但是她仍旧拥有并记得在美国的某一个家庭里，有过看动画片的单纯童年。她那样子，像是从中西部被大片玉米田包围的单纯小城里出来的人。

我和太阳总能在和公主们合影的队伍里看到她，她的脸在金色的阳光里，有着病人青黄的阴影。她没有落下一个公主，白雪公主，灰姑娘，印第安公主，茉莉公主，埃斯梅拉达，小美人鱼，那些小姑娘梦中完美的爱情故事主角，她都一一与她们合了影。她们亲切地对待她，用胳膊轻轻围着她的身体，甜蜜地对她笑，个个都像《木偶奇遇记》里的那个仙女。到了真的《木偶奇遇记》故事里的仙女面前，穿着一身蓝色长裙的仙女，真的用手里缀着一颗小星星的仙棒点了她一下，就像在电影里对匹诺曹做过的那样。

但是，什么也没有发生，只是人群都安静下来，默默看着她们。

在那一刻，虽然你知道这是美国式天真的煽情，但心中还是忍不住涌出一种甜甜的东西来。大家的心情可能都一样，都想能看到一则童话故事的再发生。

跟在轮椅后面的，是个穿白裙子的小姑娘。在轮椅后面，她显得更小。

当轮椅慢慢离开，仙女弯下腰，像动画片里做过的那样，那个小姑娘便向她飞奔而去，那神情，很像小时候紧紧盯着电视机的太阳，那样奋不顾身，那样忘了形。

最后一次看到那张平稳地缓缓移动的轮椅，是在Fantasyland里，一个叫Once Upon a Time（曾几何时）的小礼物店门口，那小店的门面旧旧的，站在耀眼的阳光里，就像小时候的那些梦想一样。我看到那个女人仰着头，摇动轮椅，向小店里去。轮椅微微颠簸，那像冰山一样肥胖青白的女人仰着头，向四下里张望。在那里，有卖所有迪士尼公主们的裙子、皇冠、点缀着小星星的魔棒、有魔法的戒指，小女孩们常常将这些买回家，做化装舞会的行头。大多数小姑娘大概都梦想过自己是童话故事里的公主吧。

太阳还在满园子奋不顾身地跑着，看着，和那些童话人物拥抱着，像一只冲着火焰扑去的青蛾。上次来这里她也这样，这次还是这样。当看到上次她已经见过的东西时，她就回过头来向我大叫："妈妈，他还在这里！"满脸发光。在她心里，大概世界上一切美好的东西，都会永远在原处等着她。

我心里忍不住再一次这么想，就让童话故事再发生一次吧，我的孩子需要甜美的支持，其实我也是。

135

2002年 西岸 你妈妈是在为你和她自己骄傲，甜心

◆ 洛杉矶迪士尼乐园

他是化身博士！还在原来的地方！上次来到这里的时候，我第一个碰到的人就是他，我仍旧记得他上次留给我的纪念品——一块黏黏的墨绿色的小鼻屎。他把它郑重地、兴奋地擦在了我的左边肩膀上。所以这次来我虽然很怕他又挖出一坨鼻屎来，可还是感到无比的亲热。我过去和他打招呼："嘿，化身博士，我两年前来这里，那时有个化身博士，将他的鼻屎送给我。是不是就是你啊！"他大叫一声："对啊，我就是！"然后他咧开嘴，露出他那些大黑牙，冲我笑。还重重抱了我一下。我能从他涂了厚厚白粉的脸上看到他黑色的胡子碴。我还是有点怕他，但他好像很喜欢我的样子，这次他又给了我一坨小鼻屎。"我知道你已经把上次的鼻屎丢了，小孩子就是留不住东西，上帝！"说着，他将那坨小鼻屎抹在我肩膀上，是与上次同样的地方。

"下次我来，你还在吗？"我问他。

"当然，我专等着你。"他嬉皮笑脸地说，"你是谁？下次我们好打招呼。"

"我是太阳陈。"

我们握了手。

妈妈

我放下照相机，向化身博士致意，感谢他给了太阳一个梦想，我将这样的重逢称为梦想。难道不是吗？

"我也记得你。"化身博士突然指了指我。

"哦?"我笑着点头,"好啊。"

"我要鼓励你想起我们的会面,就在这里。"他看出来我的玩笑,所以不容置疑地说。

"好吧。"我说,为了太阳所拥有的那令人羡慕的信赖。美国人最鼓励这样的信赖和这样的奇迹感了,所以在化身博士的眼睛里,我看到了一种属于美国人的恼怒和责备。他一定是责怪我当着孩子的面表现得太不纯真。

我认识这种眼神。我去开太阳的家长会时,她的艺术老师大为称赞太阳表现出的艺术天赋,我客气道:"哪里哪里,小女不过是瞎猫撞上了死耗子。"其实这只是为了让我自己不要像大多数一听到表扬的话,就欣喜若狂的家长一样傻气,可老师的眼睛里立刻就变得既愤怒又疑惑,他勉强维持着礼貌,嘟囔说:"这个成语倒是新鲜。"

所以我认识这个眼神。

好吧,大叔,我错了。

晚上,我和太阳一起看到了水幕演出。水幕上,迪士尼的人物们载歌载舞,彼得·潘和小仙女飞舞着,米老鼠站在红色的船头发表演说。当整个童话世界以真实的样子出现在一个傍晚,出现在眼前时,虽然它是美国式的,带着美国式的花哨和简单,但那真挚和乐观,还是让我感动,甚至感伤。太阳长长地伸着她的细脖子,她的脸被礼花照成五颜六色的,我希望将来她领着她的孩子来这里,看水舞的时候,心里只有感动,没有像我这样复杂的感伤。当然,她也会有感伤,但最好不要这样复杂。

从在上海的小时候开始，我就被美国卡通片包围着，《花木兰》《狮子王》《美人鱼》《阿拉丁》《风中奇缘》什么的我样样都看过了。有时候我的身体语言，也像动画片里的人，虽然我的眼睛没有米妮大，但是我会和米妮一样飞快地眨它们，朝别人放电，妈妈总受不了我这样。那些动画片让我确信正义的一方一定能在经历重重磨难后获得胜利，王子和公主永远能幸福地生活在一起，邪恶的一方往往会在惨叫一声以后，坠崖，坠楼，坠海，总之，会消失得无影无踪。它们也会让我的大脑变得很简单，很少忧郁。忧郁是妈妈那样的人做的事，我不发愁。我大部分时间都幻想自己是英雄，拯救地球，然后大家都崇拜我。每次我这样狂想的时候，妈妈就会嘲笑我："做你的美梦吧。"迪士尼的动画让我对生活和世界做着美梦，故事的结尾总是皆大欢喜，让人爽快。每次看完它们，我好像充了电的电池。这些片子不仅对我，而且对我周围的小孩好像都有相同的作用，我觉得这种影响会继续下去的。

在上海我去看了一次迪士尼冰上芭蕾，那天去看的人当中大人和小孩都有。小孩子们主要去为了见一见自己心爱的偶像，大人是不是去找自己美好的童年回忆的呢？还有些老人，他们看上去也很高兴。每当动画人物上场时，小孩子们都会拉长脖子疯了一样尖声大叫，大人的头上戴着米老鼠的帽子，手里挥舞着荧光棒又唱又跳的，他们好像突然变小了。我喜欢美国卡通，它是年轻的，快乐的，令人幸福的。

洛杉矶的迪士尼乐园太大了，就算是手里有地图，也很容易走错。所以我们常常要问路。和上次来不同的是，那次妈管的事这次都由我来管，问路，买票，妈妈就像小孩一样跟着我，甚至由我来决定我们在哪里吃饭，吃得简单，还是大吃一顿。我也管点小钱，付车钱、吃饭钱和买小礼物的钱，我有个小布钱袋，里面重重的都是硬币，妈妈说那是葛朗台的钱袋，据说那是个法国小说里面的财迷鬼，她常用小说里的人物来嘲笑我，还都是十九世纪的小说，我不以为然，反正我也没看过。妈妈不能否认，这次我帮了她很多忙，我就得意忘形了，对她说："是啊，我本来就是你师父嘛，快给我磕头。"这时，妈妈就毫不留情地当着那么多人的面，揪起我的耳朵来，其实不怎么疼，我装成很疼的样子，踮起脚来讨饶。

"还坏吗？"

"不敢坏了。"

"坏过吗？"

"坏过的。"

"怎么坏法的？"

"说我是你师父。其实我是你徒弟——"妈妈就笑了，其实我也笑了，悄悄继续说，"的师父的师父。"哎，妈妈，到底是我徒弟呀，不够老练。

这是迪士尼乐园中的花车游行。里面有着各种各样的童话人物，都是真人扮的，有美女与野兽，有美人鱼，有白雪公主，有猿人泰山……这张照片上，是蝴蝶仙子中的小蝴蝶。她优美的舞姿，身像一只飞飞的蝴蝶。

中国福利会儿童时代社

还是迪士尼乐园的地图，里面玩的东西真在太多了，而且非常刺激的。我为说我玩得鬼像疯子一样，怎也停不下来。

这是进"环球影城"的票，上面显可爱的卡通图案。不光是票好看，里边的东西也很好玩儿，我玩儿得脚扭了。现还在玩儿。

太阳

妈妈的朋友，一个很好玩，去过很多地方，知道很多东西，话也很多的叔叔，来接我们去海边小城圣巴巴拉玩。他开着一辆大吉普车，戴着新款的意大利墨镜，皮肤晒得黑黑的，像个黑手党。他一路上告诉妈妈，在死亡谷露营的事。那一带有些小镇，从前淘金时代很兴隆，现在已经完全荒凉了，去玩，就有点探险的意思。那里甚至有了一个世界性的死亡谷爱好者协会，每年会员都开车到那里去聚会，交流自己知道的故事，或者自己的新发现。我本想在车上睡觉的，可他说得那么有趣，让我想睡都睡不着。被他说得，我和妈妈都想去那些死亡谷的小镇看一看。他告诉我们去圣巴巴拉的美国一号公路，是全美国最美的公路。我们沿着太平洋走，一边是绿色的山坡，一边是大海，还有高高的棕榈树，橘子色的太阳像粉一样轻轻地铺下来，飘得四处都是。真的像他说的那样，看得我连眨眼都舍不得。

经过一个海滩，就到城里了。我最喜欢downtown（市中心）了，不管是哪个城市的，那里总是最乱、最丰富、最好玩而且新鲜的地方。在downtown里往往会有许多特别的商店和人，会发生意想不到的事，可以让我去凑热闹。这是一个早年从墨西哥买来的小城，和我住的康州小城不同，保留着很多墨西哥的风格。房子，地上的路，路边的座椅，墙壁，很多都是用五颜六色的小碎瓷砖做的。街上到处能看到喷泉，它们扁平扁平的，像个大盘子。这种喷泉只有一个泉眼，而且喷上来的水很低，全都铺在水池子上，平平的，像一块流动的彩色玻璃。走在街上，就像是走到了一幅画里一样。每个人看见你，都对你笑。天气微热，有点小风，反正就是舒服。这真是个让我舒服的地方。妈妈说那都是西班牙风格，热的地方喜欢有水，热的地方色彩也会很鲜艳。墨西哥曾经是西班牙的殖民地，所以有西班牙的风格，现在的美国人又保留了墨西哥的风格。这真的是个有历史的小城市，在街上我注意到了好多卖古董的小店。

我们走进了一家antique alley（古董店），那店里面到处都是老东西，花瓶、书、灯、篮子、桌子和椅子、照片、眼镜、画、杯子、戒指、表，好像你能想到的东西，都能在这里找到。它们都被放在最好看的地方，表现着它们最好的一面。不像有的古董店那样乌烟瘴气的，每走一步都会扬起一阵灰来。它干净、好看，店主戴着一副金丝边的眼镜，不是那种只戴在一只眼睛上的，会把人的眼睛弄得像口井一样又深又大又奇怪的放大眼镜。我和妈妈与店主谈了谈天。这是地道的妈妈，她看到有趣的人就要想办法跟他们说话。店主告诉我们说，这里的大部分古董，都是各个国家的移民，从自己的国家带来的，他们来美国的时候仍旧用这些东西。后来，他们的后代美国化了，或者搬家了，或者换新家具了，不想在家里留着这些东西，就把它们卖到这里来。这就是为什么这里有全世界各地来的老东西的原因。

我发现了一些中国古董，有字画，有佛像，有红木家具。在中国它们不算贵，可在这里都卖得贵。妈妈问这些中国的东西是谁带过来的，店主说是个搬家到别处去的中国人。妈妈仔细看了看，轻轻地告诉我说，那些东西都是复制品，甚至复制得很粗糙，难为那人漂洋过海地带过来了。我从来不喜欢古董店的，但这家古董店让我对那些又老又旧的东西产生了兴趣。我发现它们都有种特别的气息，我想老的东西都会这样的吧，因为在老人的身上也能闻到这种特殊的气息。当阳光照耀着它们的时候，最好闻。我在那个店里逛了好久，我开始喜欢这些东西了，我想知道这些东西的主人是什么样子的，他们曾经过着怎样的生活。妈妈说旧东西上留着别人用过的痕迹，还有时间的痕迹，这些东西比新东西好的地方在于，它保留着人的故事。妈妈爸爸都喜欢看旧的东西，还经常一起为这些东西编故事，我想我传染了他们的爱好，但这通常是老人才有兴趣的东西，难道我也开始老了？

妈妈

都说美国西海岸的小城镇是美国最美丽的地方，所以我们计划来这里逛逛。

圣巴巴拉的美还是让我吃惊，西海岸的天，太平洋的水，在这里蓝得像画出来的，这可以在美国的海岸线上到处看到，并不真的特别。老城里到处都是热烈而沧桑的西班牙式的建筑，石头喷泉，彩色的马赛克，老旧的、西班牙殖民墨西哥时代留下来的第一座天主教堂，那是十七世纪的。它们，再加上蓝色的自然，使这地方有一种温和和明亮的异国情调，在年轻气盛、粗里粗气的美国，这温暖人心的温和的异国情调才真是难得。

我们在海滩上玩了一会儿，就转去老教堂。这是老城里最重要的教堂，甚至在这一带的高速公路上，都不断看到它在路牌上。所有指向它方向的路牌，都用咖啡色，而不用通常的绿色，表示它的旅游性。老教堂的后院里，大树遮天盖地，浓荫里有一个小小的墓地，埋葬着这里最早的天主教徒，还有神父们。

教堂里有一个小博物馆，那里保留着西班牙传教士当年用过的东西，窄小的木床，牛皮椅子，以及古老的、带插画的《圣经》，还有来复枪以及马鞍子、宽檐草帽。土砌的灶台上放着当年传教士们的食物，墨西哥红辣椒、玉米和谷物。那里仍旧保留着某种飘荡的、漫游的、开拓的、殖民时代的浪漫气氛，与东部的教堂不同，甚至耶稣的脸上，也比别的地方多了风尘仆仆的皱纹，以及期求理解的神情。

辽阔的，有着四小时半时差的美国大地上，其实到处都飘荡着这种迁移的、动荡的、漫游的气息，不同的是，东部是为了坚持信仰的迁移，这里却是为了传播信仰的征服。到处都有遗迹可寻，它们像樟脑一样散发着那样强烈的气味。甚至在中部大片玉米田的深处，都会有为保留当时摩门教徒向盐湖城迁徙时的遗迹而建立的纪念公园。那里绿色坡地上的树林里，保留着当时他们露营的痕迹和纪念碑。我猜想，这是一种地道的美国气息吧，美国式的感伤和自豪大概都来源于这里。

我看着漫不经心在教堂里转悠的太阳，她结实的小腿晒黑了，背着在中国买的日本产的书包，她身上其实也有某种迁移和动荡的气息，我想她自己并没有意识到，或者她认为很自然，很正常。有时她突然向耶稣像拜一拜，然后跑过来告诉我，笑嘻嘻的，好像占到什么便宜一样。她说："妈，我们拜过了，我们回家的飞机肯定没问题，不用担心。"她的信仰也像她向我要帮助一样自然和物质，也许她还没有到精神上有需求的年龄吧。原来孩子的世界是这样自然、不自责和单纯。我小时候也是这样的吗？我已经忘记了。

太阳

在我还小的时候，妈妈就开始带我去教堂参观。我对教堂总是心存一点点的惧怕，教堂在我的印象里总是暗暗的，充满了特殊的气氛。教堂是由古老的家具，燃烧和流淌蜡油的蜡烛以及无声无息移动着的人群组成的。

说实话，我并不很喜欢这样的气氛，怪怪的。我怀疑人们呼吸了教堂里特有的气味，就会马上变成另外一个人。因为我常常看到，在门外还哈哈大笑的人，一进教堂就立刻变了样子，不但不大声嚷嚷了，连走路的速度都会慢下来，小心翼翼地做每件事，点蜡烛，看壁画，或者祈祷，他们的神情不知为什么总是有小小的痛苦，也许他们是在为受难的耶稣伤心吧，或者是为自己的痛苦求神帮助。

每个国家的人都有自己的宗教信仰，因为信仰可以给人们带来安慰，也是一种精神的寄托。人要是有了自己的信仰，他们就会多一分安定，也有了归宿。但信仰不一定都是宗教的，我想。我的信仰都不是很宗教的，有时候很不起眼的小花也可以是我朝拜的对象，那可怜的小花就因此要承受那么多的希望和理想，我想，它会讨厌我的贪得无厌。

当然，我也很相信那些圣人和佛祖，有最重要的考试的时候，我总是风雨无阻地去孔庙磕头、烧香、撞钟，因为我感到这样做，我就会充满力量，而且拜完以后，我还会有种事情已经成功了一半的幻觉，这种幻觉有时很帮忙。

所以我认为每个人都拥有一种信仰是重要的。我想我是有的。我检验自己的方法是：当自己在某个教堂或者庙里，觉得有点着迷的时候，就代表已经找到信仰了。然后你就可以开始好好地信奉它。

妈妈说我这种观点是很幼稚的。但我觉得每个人对信仰的态度都是自己决定的，自己觉得好，就是好，不干别人什么事，甚至是自己的妈妈。

妈妈

我很希望太阳能通过某种途径获得自己的信仰，我相信信仰是个好东西，它能代替我们的父母、亲人、朋友，陪伴一个人度过心灵中最困惑的时刻。太阳从小就不是个时刻与父母家庭在一起生活的孩子，她常常是寄宿生，所以，她更需要一个信仰来温暖和陪伴。

说起来，我好像一直都在为太阳离开家庭、独立求学的那一天准备着，为她，也为我自己。我干吗要这样急着让太阳独立呢，每个孩子最好的地方，不总是自己的家，与自己的父母在一起吗？到底什么样的生活，对太阳这样的小孩是最好的，我一直都不能肯定。但是，我还是这样为她准备着。

我时常觉得，在旅行中，我能用最自然而然的方式，带领她去见识各种各样的信仰和信仰之地，用这种方式将一种可能种在她心里。当然我知道，这颗种子是否发芽，就要看命运的安排。从美国各地，到加拿大，到日本，再到中国各地，我带她认识大乘佛教的寺庙、小乘佛教的寺庙、道观、妈祖庙、天主教堂、基督教堂、东正教堂、摩门教堂、印度教寺庙、天主教的修道院，以及清真寺。我不是介意她信仰什么，只是介意她能否信仰。

我期待她能"信"。但是看到她轻快安静地在教堂里徜徉，照相，尽量庄重，就知道她是有礼貌的，但没有信仰。

但是信仰是一件发自内心的、严肃的事，本人有绝对的决定权，父母不能干涉。就像我父亲，他是非常赤诚的共产主义者，但他从未勉强过我的信仰。我当然也不会勉强太阳，我不过是循循善诱而已，夹着点小私心。

妈妈

下午三点，是小城最空闲和安静的时候，我和太阳去了一家1900年的老咖啡店。店里的装饰用了很多深棕色、老式塑料和黄铜，还有维多利亚体的英文字，一副旧日美国幽暗而宽大的派头。让人想起德莱塞和欧·亨利小说里的场景，还有爵士乐的沉醉迷蒙，还有旧的凯迪拉克汽车。店堂里的旧吧台是用橡木做成的，时光流逝，台面上的木头都被人的衣袖和手掌摩挲得发黑发亮，甚至吧台里的酒保都老了，像从前时代的人那样，毕恭毕敬地穿戴着。灯光沉沉的长吧台上方，几百只各种形状的酒杯倒挂着，映照着啤酒桶上闪闪发光的黄铜柄。空气里充满了炸鸡和咖啡的气味，就像老美国应该有的那样。

我很吃惊，我在这个海边小城找到了应该在纽约或者芝加哥找到的那种老美国。像走进了二十世纪初的美国小说和美国油画里。

坐在有点发硬了的旧塑胶面子的火车座里，我深深吐出一口气来，太舒服了。我想我的感情是属于那个时代的美国的。

"妈妈还是喜欢有点多愁善感的地方啊，就像我到迪士尼乐园去。"太阳斜着她细细的眼睛，有点嘲笑地对我说，"这就是你们这种当作家的人啊。我们学校里文学小组的人，也会这样的。"

"这是我们的职业精神呀。"我说。

"你先是这样一个人，才选这样的职业呢，还是你喜欢了那种职业，就成了那样的人？"

"我想先是这样的人，然后再找到自己喜欢的职业。"

"那你说，我是什么样的人呢？"太阳问，"我这个人这样十全十美，做什么才是最合适的呢？我数学是年级里最好的，我跑步是全校最快的，我画画，老师说是不容置疑的A。"她冲我热烈地眨眼睛，像米妮那样，显然认为我会像她遇到困难的时候那样夸奖她。当她遇到困难的时候，我总是一一将她身上的优点用放大镜般的夸张和聚焦讲给她听，用赞美上帝那样热烈和不容置疑的语调，而她总是很及时地像奶酪蛋糕一样甜蜜地，理所当然地融化掉。这是我鼓励她的方式，别人听了一定肉麻得很。

"你不就是这样一个小贱孩子吗，你以为你是什么。"我打击她。我像我这个时代的中国父母一样，总是在美国式的教育和中国式的教育之间摇摆不定。当看到孩子得意时，就及时运用骄傲使人落后的标准；要是孩子遇到了困难，就马上向他们朗诵"如果你想，你就能"的美国语录。我这种家长，大概也是很人格分裂的吧。

"好好说呀！"太阳央求。

"就是好好说呀，真的。"我笑。

她转脸过去，不理我。她看着窗外街角上一个流水的、小小的喷泉，那里的清水在阳光下像熔化的金子一样挂在石头的边缘。吃完手里的炸鸡翅，太阳总结说："我知道我自己将来前途无量。不相信你就看着。等我英文也成最好的以后。"

我说："好吧，我们照张相留着，等你前途无量了的时候，可以放在你的纪念馆里。那纪念馆，就是我们家里的你的房间。"

"那里太小了。"太阳即使是做白日梦，也要讨价还价，"我一定会有一个像马克·吐温一样的大红房子的，上海家里的只是分馆而已。在我家的客厅里，也挂你和爸爸的照片，让人家知道你们是我的爸爸妈妈，我够意思了吧。你们俩因为我的缘故而名扬四海了呢。来参观的人，要收12.5元一张门票，爸爸就在门口售票，再穿上我给你们俩特地画好的广告衫。带小孩来参观的人，就对自己家小孩说，啊，这就是那个伟大的人的爸爸妈妈。然后，'叮'的一声响，你们俩的脸上就像电灯泡一样亮了起来。"太阳说得美滋滋的，直流油。

"我真是不幸啊，怎么生了这么一个不要脸的孩子。"我其实也有点沉醉在太阳的美梦里面，不管是不是真的，想想也是高兴的啊。

"哎呀，实在是你的遗传基因太强了啊，妈妈。"太阳说。

晚上，我们和在纽约时候的老朋友一起去老城的一个墨西哥餐馆吃饭，那是个旧庭院，四四方方的，有廊柱和回廊，满园子的花，还有一个小小的喷泉，哗哗地响。木头长桌上烛光闪闪，恍惚是在西班牙，但这里有西班牙所没有的单纯和安定。

太阳和她小时候在纽约时认识的朋友艾文又见面了，他们都长大了，小时候滚在一张沙发上打游戏，晚上要申请睡在一起，被大人严词拒绝后，还要哭哭啼啼。现在坐在一起，却不怎么好意思说话，也不知道怎么对待对方才好。他们终于意识到，他们是不同性别的孩子了。

"哇，他们真的长大了。"我们都吃惊地发现。常常是这样，当孩子与他小时候的同伴重逢时，大人会吃惊地发现原来他们已经这样大了。

"哇，他们真的老了。"他们两个人立刻针锋相对地对我们说。好像他们在一起攻击大人时，就找到了共同点。

皆大欢喜。

大人喝了玛格丽特酒，看上去它只是鸡尾酒而已，甜甜的，有柠檬味道，杯子边上还有一圈细盐，但却是烈的，不一会儿就都有了醉意。

小孩子们严词拒绝坐上车，因为喝过酒的人不可以开车。"我们的生命才刚刚开始，我们还想好好活着呀。"他们同声说。

　　我和艾文已经有七年没见面了。妈妈第一次带我到他家的时候，我们在他家住了好几天，我们一起打游戏机，连百老汇的音乐剧都不要看。我们还一起跟他外婆学说广东话，学说大便和小便。我们小时候在一起玩得很开心。他有两只从曼哈顿玩具店里买来的猴子玩具，一只叫麦克，一只叫乔治，我走的时候，带走了麦克。

　　说实话，我对麦克并不算好，我天天晚上睡觉，都将头枕在麦克肚子上，它的肚子软极了；高兴起来也常常折磨它，把它的长胳膊像麻花一样绞起来。我喜欢一样东西，就喜欢折磨它一下，这样才表达出我对它热烈的感情，有一次，我差点把它的手弄断了，还是妈把它修好的。

　　晚上我见到了艾文，他还是和以前一样瘦，但变得又黑、又高。我们一起去了一家墨西哥餐馆吃饭。他不喜欢吃墨西哥饭，所以他有点不高兴。

　　妈妈和艾文爸爸点了一种叫玛格丽特的鸡尾酒喝，妈妈喝了没几口，就大喊自己醉了，而艾文的爸爸居然将一大杯全都喝完了，但很明显，他的眼睛和眉毛都往上吊了去。一会儿他还要开车带我们大家回家，太危险了！最后他不得不不停地说话，把身体里的酒散发出去，他说了好多关于中国人和日本人在美国社会中的心情和地位的事，艾文每句话都和他顶嘴，将我妈妈都看傻了，我想她现在知道我这个人对她多么nice（好）。妈妈不停地感慨："哇，青春期的小孩！"

　　为了证明他没有醉，艾文爸爸特地在马路上走直线给我们看。

小时候，大人想做什么事，从来不要经过小孩的同意，这次总算不同了！即使这样，艾文还是一路唠唠叨叨，抱怨和责备。

晚上回家才知道，乔治也还在艾文床头放着，像我一样。

艾文是优秀生，他每天的作业都要做到晚上十点左右，他学校的大小测验也有很多，当然肯定比中国的学校轻松，我再开学就要读初三了，老师已经警告我们大家说，初三这一年，大家就不要记得自己是个人，准备好过非人的日子。听初三的同学说，他们在十一点以前是不睡觉的，有时作业多，就要到半夜以后。我妈妈听了吓死了，她最怕我没有时间睡觉。

艾文没有来自学校的压力，他说他的压力来自家庭，他爸爸是大学的数学教授，帮他设计了太多的计划，要他跳级什么的，说是要用这种方法建立艾文的自信心，将来有机会上美国最好的大学。

我想这也是可以理解的。在美国的华侨父母，总不想让自己的小孩也像他们当初来美国时那样辛苦地活着，他们希望小孩子们能拔尖，让美国人看得起，将来能找到好工作，能和真正的美国人一样生活。

但艾文总是觉得不公平。他学校里的美国小孩无论如何总是玩得比他多。他不明白自己为什么就不能像美国同学那样生活，玩到无聊，玩到不知道自己还想玩什么为止。然后按照自己的喜好去选择自己要读的东西。

可是仔细想想，在美国的中国小孩比起在中国的中国小孩来说，还是幸运的。他们至少不会被强迫补课，不会被老师罚站，家长也不可以打他们，他们还可以选择自己的兴趣爱好。所以在美国的中国小孩要是做错了什么事，他们的父母就会吓唬他们说：

"以后再这样，就把你送回中国读书！"好些小孩马上就乖了。

其实，也不能说美国的教育就是特别轻松的，不同的国家有不同的教育方式，但唯一可以肯定的是，每个国家的小孩都觉得自己国家的学习是很累人的。小孩喜欢到学校去玩，而不是学习。

我和妈妈回房间休息的时候，艾文正躺在书房的地上做法文作业。

我觉得自己非常幸运，简直有点得意扬扬，我在度假！

路过小狗咪咪的笼子，咪咪紧紧把着它的门，非常警惕地看着我，在喉咙里打着呼噜，我知道，那是警告我不要靠近。

在我们吃饭的时候，咪咪一直在桌子下面拍打我们大家的腿，让我们也给它一点东西吃。为了让它走开，我就对它学狗叫，我从小就学狗叫，可以学得像真的一样。我朝它叫了两声，它立刻一愣，看着我不动。我想，它一定没料到，这个长得这么像人的东西，原来也是一条狗！它很凶地对我叫，我也很凶地对它叫，它想了想，突然以光的速度飞奔到自己楼上的笼子里，自己将笼子的门也关好了。

这次，我和妈妈刚要上楼，它就又突然一蹿，不见了。原来它又回去保卫自己的笼子了。这时，我发现原来它不是怕我，而是怕一条新狗来占它的笼子。

我和妈妈笑死了。

艾文喜欢：网球，游戏。

艾文不喜欢：他爸爸总是给他订计划，要他很努力。

◆ 1996年纽约，太阳和艾文

◆ 2002 年圣巴巴拉，太阳和艾文

2002 年 西岸 你妈妈是在为你和她自己骄傲，甜心

在我和太阳的床头，有一个定时的闹钟。清晨，闹钟响了，是一个柔和清新的男孩的声音在唱歌。他唱，在一个清新的早上，你有着美丽的身体，美丽的微笑。那是《七天》。

我和太阳都醒了，太阳知道这支歌，是他们小孩里面流行的一个年轻的歌手唱的。

我猜想这是艾文全家起床的时刻。早上，艾文要上学，艾文爸爸要送他上学去。这支歌这样愉快地唤醒了大家，

"一个清新的早上，你有着美丽的身体，和美丽的微笑。"只有青春期孩子的心里，才有这样对自己的肯定吧。艾文爸爸把这支歌当成自己的闹钟铃，是出自对这支歌的喜爱和羡慕吧。在我们年轻美好的时候，我们喜爱自己的孩子，现在，他们长得与我们不相上下了，于是，我们羡慕他们。

太阳

　　我们在洛城，住在中国区的旅馆里。那地方叫Monterey Park（蒙特利公园市），可是却不像名字说的，那不是一个公园。妈妈说住在那里可以看到美国西海岸中国城里人的生活，对我打开眼界有好处，就和四年前她一定要带我到纽约的哈莱姆区去一样的道理。这里走来走去，都是又小又旧的杂货店，看店的人只是坐在柜台里面，一声不吭地读报纸，好像我们走进去的人，都是空屁一样。街上有些中国餐馆，但这条唐人街不像纽约的唐人街那么热闹，也没有那么高兴的样子。好多餐馆的门上，都贴着一个很大的红色的C字，那是一种卫生标记。天啊，那么多的餐馆都只有C级，是因为不干净，店里的人才不多的嘛，我为他们感到伤心。我和妈妈在C级餐馆里吃了一顿饭，我点了扬州炒饭，妈妈点了蔬菜面，不一会儿，上来了像脸盆那么大的两个盘子，里面装着像小山一样鼓起来的面条和炒饭，这样的大份，在上海是只有一大堆人一起分享才吃得掉的。我们的碗和小碟子都是塑料的，毛毛的边，一定给好多人用旧了，我们的茶杯也是塑料的，颜色都被深色的茶水浸出了黄色来。我突然觉得自己好像是一头猪，扬州炒饭里有好几种菜，杂七杂八的颜色加在一起，又是这么大的一盆，真的有点像猪食。这里的中国餐厅一定是入乡随俗，学了美国人的食物分量。在美国餐厅里什么东西都是超大份，吃不掉的，都被浪费掉了。那顿饭，我和妈都哭丧着脸。

我们住的旅馆是中国人开的，一进去我就闻到一种刺鼻子的消毒水的味道，让我想到了医院。进了房间更加不妙，我闻到了一股小便的味道。可是即使是这样的旅馆，还需要90美元一晚上，妈说这个价钱，在中国能住上好很多的地方呢。我一点也想不出来，妈为什么要让我们住在这里呢，为什么在美国的中国东西和上海比起来差这么多呢？好像时间在这里倒退了二十年。妈安慰我说："我们要看不同的地方，有不同的经历。这才是旅行。"但是我已经能看出来她藏着的失望了，所以我赶紧装成若无其事的样子，对她说："我们是什么人啊，什么地方不能住，小菜一碟。"妈妈假笑着说："就是呀。"但不一会儿，她就下楼去了，我知道她去柜台取消了之后几天的预定，我们得换旅馆。

在换旅馆之前，我们跟这个旅店里的一日游去了迪士尼乐园，遇见的也是中国导游和中国同伴。我们的导游是个中年男人，戴眼镜，他的脸看上去好像天生受了很多委屈一样，一直驼着背，灰着脸，很不sure（肯定）的样子。我们一群游客里，有一个老头，好像已经去过美国的很多地方，蛮有经验的，一路上都和导游聊天。但当他从导游那里得知，我们只能在乐园的两部分中选择其中一个玩时，就突然变了一个人，翻脸了，大声对导游嚷嚷。可怜的导游可能来自广东，说不好普通话，只好吃力地一字一顿地解释，可老头总是在他好不容易说了几个字后，打断他，大骂他是骗子。我看着他们，总感觉导游的背，每被骂一次，都会更驼一点，好可怜。老头的声音太响了，让我感到丢人。乐园门口站着许多人，都朝我们这边看过来。我发现他们的表情中有的好奇，有的激动，有的惊恐。好奇的是美国人，他们为自己能听到这么大声和激烈的中文而感到新鲜。激动的是中国人，我想他们在异乡听见了家乡的语言，即使是不那么友好的对话，也是亲切的。很多黑发的头转来转去，在搜寻声音的来源。恐惧的当然是站在他周围的我们大家，这种声音真的是很出丑的。我们团队的人，挪到了一边，装成与他们没有关系的样子。妈妈对我说，今天我的日记要写命题作文，题目就是对海外中国人的看法。

"不要跑题。"她一本正经地说。

对在美国生活的中国人的看法

　　首先我要表明，我的观察是很短暂和主观的。我发现有一部分中国人，他们的美国生活，并不一定比国内的好，我不明白他们为什么要不快乐地在美国生活下去。至少是在唐人街看见的一些中国人，我好奇是什么让他们选择在那儿生活，因为那里的街道又脏又乱，并比不上中国，而他们千辛万苦来到美国，难道不正是为了寻找更美好的生活吗？也有生活得比较好的中国人，他们拥有了自己的房子、车子，有好工作和漂亮的花园。他们大多数不是土生土长的亚裔，青年才移民过来，所以在美国，并没有和自己从小一起长大的真正好朋友，即使有朋友，常常也是和他们情况相似的中国人。没有本地好朋友的生活，对我来说可能会过于寂寞，我猜他们会常常感到孤单，思念着与以前中国的家人和朋友一起热热闹闹。我看爸爸妈妈他们，休假的时候，总有去不完的朋友聚会，妈妈都抱怨，比上班还要忙。聚会的时候，他们总是大声说话大声笑，疯疯癫癫的吵死了，妈说因为他们都是知根知底的好朋友，连礼貌都不用讲了。

　　我猜许多人留在美国的目的，一大部分是为了自己的后代，他们小时候在中国吃了苦，不想让自己的孩子再重复那样的生活。他们在美国留了下来，计划着将来他们的孩子会在这里出生、长大，这样就能顺利融入美国的生活，有从小一起长大的朋友了。也只有中国父母才会做出那么大的牺牲。中国家长喜欢为他们的孩子计划最好的将来，那样子，甚至连未来小孩怎么养老都可以想好了。无论在中国还是在美国，中国人都是一样不顾一切地为孩子着想，这似乎是中国父母的一种天性。他们确定这样完全是为了小孩好。但我觉得这也是残酷的，没有选择的一辈子，干脆小孩就不要出生了。在美国的街上很少遇见大人牵着或者抱着小孩，从两三岁开始，小孩就歪歪倒倒地跟在大人边上走了，大人常常都是自顾自地走在前头，如果孩子摔倒或者磕到了什么而大哭起来，大人最多也只是回过头来拍拍他，安慰一两句，或者说："我知道你很勇敢的。"不像许多中国大人那样，心痛不已，惊慌失措，好像是他们自己摔伤了一样。在美国，当孩子到了法定年龄，大部分家长都希望他们能尽快搬出去自力更生，成年以后住在家里是很丢人的。而中国家长从不愿意休息一下，用最无私的方式做着最自私的事情，所以中国孩子并不总能像他们期望的那样快乐而健康地成长。

我第一次深深地感到，这是文化不同带来的差异，没有谁对谁错的。在美国生活的中国人也不是一点好处也没有的。他们的生活不管再怎么寂寞，但总是安定的，四周有让人羡慕的清香草地，还有吸不完的新鲜空气。只要自己愿意努力，还可以有全世界最好的学校等着你。中国小孩一般总是很聪明，特别是与我这个年龄的孩子们来比较，我觉得中国小孩一定比美国小孩聪明，而且更努力。所以中国孩子在学校里，只要体育也棒的话，总是很神气的。我想我会在美国完成学业后，回中国去工作和生活。就算我生活在美国，我也会记得自己的家乡和文化，那是自己的灵魂和精神的源泉，我会永远地，牢牢记住自己的国家。但要是让我在唐人街住，或者交不到可以一起疯疯癫癫的好朋友的话，我马上就回中国，那里的生活更好，精神也更好。

太阳写于一间散发着小便味的中国旅店。
此时，妈妈撅着大屁股，背对着我，我想她应该睡着了吧。

太阳去疯玩过山车了。在 Space Mountain 外面的露天咖啡座里，我见到了我们的导游，他独自坐在一张桌子上，守着一杯小号可乐，整张脸都躲藏在长长的棒球帽檐下。在不断传来的快乐的尖叫声里，他显得很落寞，像白衬衫上的一滴污点般的醒目和不协调。

我们远远地打了个招呼。

他端着他的杯子走过来，重重坐了下来。"你怎么不去玩？"他问。

"我不喜欢这种剧烈的游戏。"我说。

这时，他的手提电话响了，他的脸色更加阴沉。我听出来，是刚刚和他争吵的那个老头子向旅行社打电话去抗议过了，旅行社来向他问罪。他悻悻地说："公司的规定我已经再三解释过了，客人还是不高兴，我也没办法。如果你们觉得我做得不好，我不做也无所谓。"

关上电话，他对我说："真是困难啊。"

"是啊，你的事不怎么好做。"我附和着他。他看上去是个斯文而自尊的人，适合在书斋里，不适合做调和众人情绪，而且要让大家都感到快乐的导游。在我看来，导游要那些天生有江湖气的人做，才是最好的。

"要不是家里人都来这里了，我也不会来这里。我在中国有很好的工作，生活原来也很安定。但是家里人都出来了，我的家变成在美国了，这才没办法。"他轻轻地抱怨着，将头上戴着的棒球帽摘下来，放在桌上。不知道为什么，中国男人在美国都喜欢戴顶棒球帽，到唐人街一看，到处漂浮着有长长鸭舌帽檐的棒球帽。

"我在中国时，是报社的摄影记者。"他加了一句。

"真的啊。"我说。报社的摄影记者，是最忙碌和最自由的职业之一。难怪他脸上有某种敏感遗留着。

Tomorrowland的院子里，半空中有过山车。每次当过山车出发，同时都会响起电影里英雄出场时激情澎湃的音乐，伴随呼啸而过的过山车。刚才在门口，一听到那音乐，太阳就激动得撒开我，向前跑去，像着了魔一样。那是富有煽动性的音乐，充满迪士尼的英雄观，让人想起狮子王、爱尔兰英雄和花木兰。

我们坐在桌旁，静听那音乐横扫整个Tomorrowland。

"我的孩子大概就在那些过山车上，"我说，"应该是安全的吧。"

"那肯定安全。"导游说，"这是美国，不会有问题。"

"太阳说，坐在那上面，听着那音乐，直冲下去，就好像自己是电影里的英雄横空出世一样。"我说。

笑影在导游脸上闪了闪："小孩子啊。"

"你不喜欢？"我问。

"说不上来。"导游说，"我不喜欢留在这里，也不喜欢回家，就是这样。"他软塌塌地坐在椅子上，像一棵刚被挪过地方，还不能确定死活的树。

远远地，我看到太阳夹在一大群花花绿绿的人中间，从出口处下来，咧着她的大嘴，意犹未尽地笑着。

"我的孩子来了。"我说完，就离开导游。离开他时，我感到轻松，但是也感到可惜，还有一点点的恐惧。

"你们想合影吗？我可以帮你按快门。"导游在我身后问了一句。但他的声音是不快乐的，只是在努力尽他的责任。

晚上，他将我们送回到Monterey Park的酒店门口，递给我一张纸，因为早上老头的投诉，他希望我们能证明他对我们的服务是好的。我拿着那张纸，正在想怎么写才合适，他草草地说："不用写什么，就签上你的名字就行了，剩下的我会写的。"

"这是不对的。"我吃惊地看着他说，心里有点不快，我签字的东西，应该是我自己写的，至少那上面写了些什么，应该是我知道的，难道不是吗？我同情他，但不喜欢他做事的方式。

"不，我想这么做。"我对他说，"我只能写我们可以理解门票的事情。"

他非常失望地看着我："这又没有损害到你，为什么不能只签名？"他责怪道。

我说："不行。"

太阳就在旁边看着我们，我不能给她这样一个榜样。

他拿着那张我按照我所说的写下来的小纸，将他的黑色棒球帽扣到头上，连再见都不说，掉头走回车上去。

太阳说："妈，你是对的，但他很可怜。"

我说："他如果不能理直气壮地做人，他永远都是可怜的。"

他"乒"的一声关上车门，连看都不回头看我们一眼。车在地上抖动了一下，开走了。他的车经过那家我们登记迪士尼一日游的旅行社，经过那些看上去空空荡荡的小店面，经过那些在门上显著的地方挂着红色的C级招牌的中国餐馆，和在长长的路灯影里，站在街角等待过马路的黑头发的中国人，在中国书店那个街头不见了。夜晚的街头、房子、小店和灯光昏黄的餐馆，有种流离失所般的惆怅与鬼鬼祟祟的恼怒将它们相连在一起。

我知道太阳不喜欢这个街区，她大概会感到威胁，还有不快。但这却是某种生活的真相，在美国的某个中国社区的生活的真相。在色彩绚烂的迪士尼还新鲜地留在我们眼前时，这些景象就在我们的心里形成尖锐而不快的对比。太阳是个很少沮丧的孩子，看到她的沮丧，我心里难过起来。她心里新鲜的快乐，就这样开始褪色了。

我再次带着太阳去一家福建人开的C级餐馆吃晚饭。这里的中国食物，真的没有中国食物本身暖烘烘的一团和气的味道。

"我想吃比萨，意大利面条，墨西哥taco（玉米面卷），随便什么别的。"太阳抬起头来对我说。

赌赌好运气

太阳

今天早晨，我被妈妈从床上硬拽了起来，所以一上车，我就枕在她腿上昏睡过去。也不知道睡了多久，妈妈突然像乐透摇奖一样地将我摇醒，她一边对我大叫，一边指着自己的腿说："你看看，你看看你搞的！"我一看，哇！一片像地图一样的口水印在了妈妈的卡其裤子上，太壮观了！我知道，其实妈妈没有真的生气，她装生气，我装做坏事，这是我们的游戏。

经过许多沙漠，我看到了赌城拉斯维加斯。载着我和妈妈的汽车远远地向它飞奔而去，我在保险带下拧着身体，那是因为我已经激动得坐不住了。我从小就喜欢赌输赢，这回真是去对了地方。我注意到街两边的房子都长得很特别啊，有的长得像金字塔，有的长得像阿拉丁故事中的城堡，还有的像纽约那样的大高楼，以及故事里才有的金银岛，街上都是像我一样兴奋的人，到处都是不知所措又兴高采烈的气氛，整个城市好像一个游乐场。

我和妈妈住下的，是一家叫Circus Circus（马戏团）的旅馆，那是唯一一家儿童酒店，专门接待不满年龄，跟来赌城玩的小孩子们。酒店楼下有供小孩玩的大型游戏乐园，每个项目都带着一点赌博的性质。大堂里到处都是从美国各地来玩的孩子，大人常常不得不紧紧拉着他们，因为他们似乎都丢了魂，个个兴奋得失去了控制。妈立刻也跟着紧张起来，她说："在这里一走丢了，就真的再也找不到的了啊。"一整天她都好比我的影子一样跟着我。

虽然妈妈经常小题大做，但这次的担心也不是没有道理，这家旅馆真的很大很大，它的里面像一个城市一样，什么都有。无数家不同风味的餐馆，还有一条两边全是商店的街道，有数也数不清的赌场，还有电影院和秀场，以及一个巨大的室内游乐场。竟然在半空中会有过山车闪电一样飞奔而过，能听见上面的人一阵一阵的尖叫声。在下面看，好像他们随时都会掉下来，好像伸一伸手就能摸到他们。在我的恳求下，妈妈同意先让我到游乐场去玩一把。到那里，我理解了什么才叫真正的眼花缭乱。我只有等到饿极了，迫不得已才肯主动要求换个地方去吃点东西。妈妈一把拖住我往自助餐厅里跑。这个酒店实在太大了，所以妈花了好一会儿才找到对的路，就好像我们以前在纽约中国城一样。我呢，哈哈，当然趁这个机会又跑进了好多家路过的商店逗留。我买了几包做得与香烟一模一样的糖，我很高兴在美国能找到这种好玩的东西，我把糖叼在嘴里，逼真的动作把妈妈吓了一跳。"你要死啊！"妈妈大叫。

我喜欢这个地方，因为可以让小孩子有机会在这里做出点什么事情来吓着大人。整个酒店里到处都是疯疯癫癫的孩子，我还看到一个小男孩手里拿着一大罐可以将自己的舌头染成紫色的糖粉，我小时候也有过一罐，那种糖粉妈妈后来不让我吃了，因为里面有很多化学色素。还有一个小孩，抱着比他身体还要高的一只玩具熊，是他赢来的。他骄傲极了，四周所有的人都羡慕地看着他，恨不得立刻也去试试自己的运气。这个地方，有种气氛，好像好运气就在你的头顶上，随时可以掉下来，掉到你头上。真是激动人心。

妈妈

太阳的疯狂是很自然的事。她像一只蜜蜂追着花香那样，追着拉斯维加斯一切新奇的东西而去。

拉斯维加斯天生就是一座带着癫狂的城市，建立在一片西部的大漠之上。远远地，从高速公路上，就能看到天边被灯光照耀成一片璀璨的夜空，真的像一只落在荒漠中的巨大飞碟。让人不能想象的是，在荒蛮之地，死亡谷的附近，竟然有这样多的电力，可以照亮整个在钱币的叮当声中如痴如醉的城市。它散发着梦幻般的气氛，吸引着人内心遇到好运气的向往。所以，我喜欢这个因赌博而著名，而且名声不好的城市。在这个城市里，人们不得不受到它的蛊惑，想到那些幼稚而真挚的愿望，一个人最幼稚而真挚的愿望，就是遇到好运气。一个人成长了，会不再相信运气，不再盼望运气，我就再也不会像太阳那样绝尘而去一般地追逐自己的好运气了。

我紧跟在她身后，是为了不要在这兴奋而恍惚的酒店里把她给丢了。

经过赌场的时候，那种哗啦哗啦的声音不断传来，都是硬币碰撞发出的声音，听得我手直痒痒。可是我是小孩，不可以在赌场停留，只能经过。大人们两眼直直的，有的在玩老虎机，有的在铺了绿绒布的长桌子上玩扑克，像黑帮电影里的镜头一样。我知道妈妈也很想玩，因为她的眼睛和脸上都放着奇异的光。但是因为我不能待在赌场里，我们只得离开。

我对赌一直充满了浓厚的兴趣。从小我就要用仅有的几块零花钱，去玩抽奖游戏。妈妈说，那些抽奖游戏，是专门来挣我们这种贪心不足的小孩的零花钱的，我很少能换到真正物超所值的东西，可见妈妈说得不错。但我还是乐此不疲，锲而不舍，因为我喜欢撞大运的滋味。和妈妈一起到赌场，看到那些激动人心的灯光，听到硬币不断碰撞的声音，我的人整个开始兴奋起来，就像怒放的花朵。我虽然只被允许在赌场里走过，不得停留，但也很满足，至少我感受到了赌场的气氛，闻到了硬币的味道。妈妈说我快疯了，所以拉着我朝外面大步流星地走，她从来没有这么大力气过。

我是狮子座的，我们狮子座的金钱观是支出的比收入的还要多，这简直太神奇了，我不知道那多出来的支出，是从什么地方来的。我有很强的物质欲，在我的观念中，赚的钱就一定要狠狠地花，花到爽。要是每天都盘算着如何节约，如何买最便宜的东西，我认为这是十分痛苦的事。像妈妈那样，整天都工作，没空花钱，我也觉得太乏味。我的金钱观是速战速决。

　　和太阳一起路过拉斯维加斯的赌场，常常能看到面容呆滞，而且表情寡淡的人，像抱着爆米花桶一样抱着一大筒两毛五分钱硬币，一个一个往老虎机里喂。那是些衣着潦草的成年人，常常两鬓斑白，浑身都是生活不如意的痕迹。如果他们对自己的生活已经没有了自信，他们当真相信自己还能有好运气吗？也许更多的，是为了在这个兴奋的、不分昼夜的地方麻醉自己吧？有时候，寻找好运气的气氛，是能安慰人，能给人活力的。

　　我看看太阳，她两眼发光，映照着赌场里灿烂的灯光，在孩子眼睛里是没有失意的吧？每次她看到别人的老虎机上，险些就凑到三个七了，但是就在最后的一刻，那第三个七，又缓缓地滑了过去，她都真心真意地"咳"一声。她险些就看到奇迹出现了啊。这时候，她简直比玩的人还要失望，倒惹得玩的人要回过头来安慰她："没事，甜心，我们再来。"

　　有一次，我们走过一个绷着脸，往老虎机里喂硬币的女人身边，她机器上的灯突然大放光明，音乐大作，同时，从机器里叮叮当当地不停落下硬币来，顷刻之间就堆满了机器的落币槽。太阳大声欢呼起来，但那女人脸上，却看不到快乐，她用手一把一把将落下的硬币抓进一个装硬币的筒里，就像一个倦怠的主妇抓起一把土豆。太阳看看她，对我说："她都高兴得傻了，只好让我来帮她欢呼。"

太阳

　　刚一进入小孩可以玩的，带赌博性质的游乐场，我就发现了专为小孩做的赌博机器，我急不可待地冲上去大赌一把，我也赢了一只熊。虽然花的钱远远超过买这只熊的价格，我还是很快乐。特别是像那个小孩一样，在路上不断接受别人羡慕的眼光，这时我觉得，自己好像就代表着幸运。这真是令人激动和幸福。

妈妈

　　在我们住的酒店里，有给孩子玩的带有赌博性质的游乐场，里面净是些像太阳一样心花怒放的孩子，激动得蹿来蹿去。我给了太阳二十块钱，是她的赌资，我告诉她，她只能用这二十块钱玩，没有更多的了。她紧紧握着那张二十块钱，小心翼翼地盘算着，比较自己大概在什么游戏里可以比较容易赢钱。她不像她说的那样喜欢花钱，而是更喜欢挣钱。

　　我们看到了一个灯光灿烂的大机器，里面堆满了两毛五分钱的硬币，好像马上就要落下来，落进铁槽里。玩那个机器，只要你加一个或者几个两毛五分钱的硬币进去，就能推动那一大堆硬币落下来似的。太阳一看，脸就放光了。她冲向那个机器，强压兴奋，研究了一下，她认为肯定能行，所以就开始往里面喂硬币。看上去摇摇欲坠的硬币山，居然没有因为太阳硬币的推动而如愿落下来，她的硬币像一滴水珠落进大海一样，立刻与那些硬币混在一起了。

"咦。"太阳惊奇地叫了一声，又放进一个去。硬币的山还是摇摇欲坠，但就是不坠。

"什么意思。"太阳嘟囔着。

这次她学乖了，不再往里面扔硬币，她心疼地看着最上面的那些本来属于她的硬币，用手摇那机器，企图用外力将它们摇动，让那硬币落下来。但那看上去细细长长的机器，却纹丝不动。她仗着自己练过跆拳道，用膝盖狠狠顶了一下机器，但机器还是纹丝不动，她的膝盖却被敲出了一大块乌青。这时正好警察路过，她吓得连叫痛也不敢。

"它什么意思啊。"太阳对我叫。

"它的意思就是，要你再放些钱进去给它。"我说，"你没看到，那么大堆钱，都是像你一样被它骗进的小孩送给它的。"

"那不管，总有一个人会等到它们撑不住了，落下来的。"太阳说。

"那你可以试试看，你是不是这个人啊。"我对她说。

"我现在不试，我等别人试得差不多了，再来。我要当那个人。"太阳认为自己很精明。

这就是撞大运的人最典型的心理吧，他们是些乐观的人。

太阳也是乐观的人，我看到，那一大堆硬币是无数被它骗过的小孩子，而太阳看到的，是建立在无数破碎梦想上面的那个终于成功了的梦想——她的梦想。这大概就是美国式的乐观精神吧，从迪士尼电影，到儿童赌博游乐场，一脉相承。

　　时间在一个一个激动人心的赌输赢的游戏中飞快地过去了，妈妈居然没想到要让我回房间睡觉，还建议说："太阳，我们去街上看看吧。"那时，已经快夜里一点钟了，我真不能相信妈妈说得出这种不扫兴的建议，看着她，连夸她都不敢，生怕她被提醒了，马上变得正常起来。

　　街上简直漂亮极了，到处都是彩色的霓虹灯，它们组成不同的形状，不停地闪烁，简直把天空都照亮了。远远地，能看到金银岛那里灯火通明，时不时地，海盗船上还放上一炮。街上也到处都是赌场里哗啦哗啦的声音，妈妈说那是老虎机下钱的声音，赌博的人听起来，比上帝的声音还要好听。

　　街上到处都是走来走去的人，而且，所有的商店也都开着，半夜里，我们居然还到商店里去买了一管给外婆的润唇膏。Las Vegas（拉斯维加斯）大道上，三十多家大型的酒店兼赌场都热热闹闹的，威尼斯宫将天花板做成天空的样子，蓝色的天空中还有逼真的、飘浮的白云，在里面根本不会知道，其实现在已是深夜。它的白天是永远的，根本就没有晚上。

　　妈带我去看了MGM（米高梅电影公司），那是有个电影里大狮子头的地方，它的大堂就是一个大赌场，但装饰成一个童话故事的样子。这是妈妈第一次来美国时就来过的地方，那时我七岁，妈妈在那的商店里为我买了一个水壶，让我方便带着它去上学。这次，妈妈点给我看当年她买水壶的商店。这次，妈妈请我在那里又吃了这一天的第四顿饭，那里的饭馆居然是满满的，坐满了没睡觉的人。

在凯撒宫里，一眼就看到一个会动的巨大的凯撒石像，他长得有点蠢。一手拿着酒杯，一手拿着食物，不停地又吃又喝。我问妈妈他是食神吗，干吗连雕像都要做出大吃大喝的样子？妈妈说，他是罗马人，那时候罗马就要毁灭了，那些罗马人就又吃又喝，不干别的。为了要吃更多好吃的东西，他们都是一吃完东西，就吃催吐药，把胃里的东西都吐出来，好腾出地方来再吃第二顿。妈妈说，要是人没有控制，就快要到灭亡的时候了。

我讨厌这样的人，就拉着妈妈走开了。妈妈追着我问，明不明白将这雕像放在通往赌场必经之路上的象征意义，我知道这是警告别人不要这样贪心的，但我说："这是让人家知道，世界上比自己贪心的人有的是，不用担心自己太贪心了。"妈气得拧了我的耳朵。

我对她说，你这是家庭暴力啊，小心警察来把你抓去监狱。

妈妈

在深夜里，我和太阳还在拉斯维加斯大道上闲逛。离我们酒店不远的地方，我看到了一座白色的小教堂，被矮矮的栅栏围着，它开着门，灯光洒出来，长长的一条。在教堂椅子上，装饰着白色玫瑰和金色缎带。那是个花哨的，气氛轻松的教堂，装饰得喜气洋洋的，墙上还挂着好莱坞明星的相片。

我带太阳走进教堂里去。"像是结婚教堂。"太阳打量着四周说。

在拉斯维加斯，结婚不用文件，两个人光着手走到用于结婚的小教堂里，找到牧师，马上就可以结婚。

一个将自己整理得干干净净的老人从教堂深处迎了出来，招呼我们。

"我们这里可以说是本城最古老的教堂了。"他用美国式的自豪语气说，"好莱坞明星曾在我们这里结婚，"他点了点墙上的好几张明星照片，"虽然他们现在都已离婚。"

这句话可真有意思，真拉斯维加斯。

"只要走进来，找到你，告诉你要结婚，他们就可以结婚了吗？"太阳问。

"当然，得相爱才行。"老人纠正太阳的理解。在拉斯维加斯，对孩子也是不敢掉以轻心，这就是美国。

"那是自然的。"太阳点头同意。她将来真的会在这样的小教堂结婚，结完婚，然后才告诉我吗？我突然想到。他们这一代孩子，一定与我年轻时不一样。如果她这样做，我会怎么想呢？她眼看着就长大了，再也不是那个我在MGM楼下的商店里给她买美国孩子用的花里胡哨的水壶的小女孩了。小时候，她说自己结婚的时候一定要穿高跟鞋、放鞭炮，还要生很多孩子。现在，她说也许她将来不要孩子，她讨厌小男孩，他们顽皮的时候，她常常想杀了他们。而且，她不喜欢像父母一样承担责任。

"你们是韩国人吗？"他问我们，"我妻子是韩国人。"

他是朝鲜战争后在韩国驻防的美国兵，在那里爱上了一个韩国女孩，回国后，将她带到美国。他们就在这里举行婚礼。就这样，手拉手走进小教堂，找到牧师，对他说："我们要结婚。"

"很浪漫啊。"我笑着向他点头，这是一个完美的蝴蝶夫人故事。

他也向我笑着点头："我们等了十年，才等到的。所以她一到美国，我们马上就到这里来结婚，一分钟也不愿意等了，太久了。"

"等十年，不是都已经老了吗。"太阳嘟囔了一句。

她不知道，很多人的命运，就是自己一生中最好的时间要在等待和缺乏中度过。她不耐烦这样的等待。

"现在你们好吗？"我问。

"她已经去世了。"他用了一个老派和文雅的"pass away"，我一时没有理解，然后，我感到抱歉，生活就是这样的，没有一件事情可以太美好。

"抱歉。"太阳又嘟囔了一句，我能听出来，这是出于礼貌，她还没有真正被生活伤害过，她还不能理解那种真正的叫抱歉的感情。在只有我们三个人和鲜花的小教堂里，只有她一个人，因为年轻而清澈。

"这就是生活，甜心。"老人对太阳说。那正是我想要说的。

太阳

回到旅馆，我累得几乎是闭着眼睛把澡洗完的。至于是怎么顺利地睡到床上去的，我一直不大清楚。我简直就像一团烂屎。但我没有忘记带我的熊上床，它是我好运气的象征。在睡着前的那一刹那，我突然想到了红军的两万五千里长征，我和他们一样，这一天里，也走了那么多的路，我突然对他们有了一种莫名的亲切，好像我也是他们的战友。

妈妈

像每次旅行结束的时候一样，我们的箱子里装满了脏衣服、臭袜子，用它们包裹着我们在旅行中买的东西。每次我最怕的就是在飞机场遇到检查，打开我们的箱子，真是没脸见人啊。每次太阳都自告奋勇地去托运行李，她说，她是小孩，不算什么丢人。

这次也是。

这次她拿最重的箱子，她找行李车，她去排队换登机牌，我只要跟在后面就行。我看着她背着大书包的背影，想起我第一次带她来美国的样子，她那时有点紧张，我对她说："妈妈一定会用所有的办法找到你的，如果真有什么事。"

在旅行中，看到自己的孩子一点点长大，充满了希望。这真是太好了。

太阳严肃地、有条有理地做着那些事，我知道，她明白我在后面看着她，所以她特别认真。

"请给我们较容易伸腿的座位，我妈妈的膝盖不好，小姐。"她一本正经地说。

"请递一张行李挂牌给我，我还有一件手提行李要用，谢谢。"她继续一本正经地说。

"你肯定我们的行李不在东京下，直接到上海，对吧。"她还是一本正经地再次确认。

我从来没想到过，有一天，那个原先你要是不照顾她，她就会死去的小孩，现在可以照顾我了，我还没有准备好让她照顾呢，她简直吓着我了。

她突然回过头来，对我说："别这样看我，我被你看得后背都痒起来了。"

站在我后面的一个老太太对我笑了："这是典型的青春期孩子。"

"是啊。"我点头同意。

那老太太高声对太阳说："你妈妈是在为你和她自己骄傲，甜心。"然后，她转向我，满脸皱纹地笑着，"我经历过，知道这是怎么回事，亲爱的。"

2002年 西岸 你妈妈是在为你和她自己骄傲，甜心

◆ 2002年，洛杉矶

NIA WELCOME ENTERS

s six Welcome Centers that can assist y
travels:

99 Hwy. 273. Located 10 miles south of
erstate 5, exit Deschutes Rd.

Heir
ka o
-36

ow
ca
(7

ocam.co

STUDIO GUIDE

UNIVERSAL STUDIOS HOLLYWOOD

50 Miles
0 Kilomet

aphix

我站在小时候与将来的中间

纽约　太阳的笔记

一只红箱子，一只绿箱子

　　再回到纽约，又是一个夏天。刚过了法定成年的我，从罗得岛我的大学出发，一个人拖着陪伴我旅行很久的大红箱子，又坐上了灰狗巴士。

　　这只红箱子是我上大学时妈妈特地给我买的，很结实。我带着它到了美国最小的州——罗得岛，在罗得岛设计学院学习设计。和小时候想做一个玩具设计师小有不同的是，我现在学的是平面设计。接着，我带着这只箱子夏天回上海，冬天去墨西哥上博物馆海外课程，秋天去秘鲁参加志愿者援助计划，夏天去巴厘岛学冲浪，圣诞节时带着满箱子的礼物，回爱荷华小城，看望我高中的同学。

　　记得小时候，我和妈妈来纽约时，我们也带着一个大箱子，是绿色的塑料壳，爸爸特地在上面贴了胶布，写了我们的地址。那只绿箱子，跟着妈妈走过许多国家，不知道她是不是还带着它各处飞。现在，这个红箱子也跟着我走天涯了。

买一送一的，还有从妈妈那里学来的旅行秘籍。妈妈传授的旅行秘籍，就像古代武功高手传授徒弟的高招一样，打败一切妖魔鬼怪。她自己也知道那些秘籍的威力，所以常常自夸说："你要像崇拜毛主席一样崇拜我，要像背毛主席语录一样记住那些好法子，知道吧?"不过，妈妈的旅游秘籍就像黄金盔甲一样，在世界各地时刻保护着我，因此，我从来没有在世界的任何角落慌张、害怕，丢过人或者行李。妈妈的理箱子秘籍总能让我把箱子里的空间用到油干灯尽，还不会压坏东西。而且我也时常将妈妈的知识在全世界发扬光大，让外国小屁孩儿们也知道我妈的厉害。

这次，我的红箱子颠簸在灰狗巴士的行李厢里，满得都盖不拢，就像妈妈没有烧好的红烧鱼，翻着一个大肚子。箱子里面装着一堆半干不净的衣服鞋子和专业书，我就带着这样一堆烂东西，半睡不醒地从罗得岛经过康州，经过小时候住过的韦瑟斯菲尔德，回到陌生又熟悉的纽约。最终，我没在纽约读大学，我是来这里实习哒。

　　北方来的长途汽车停在了第42街的汽车终点站，就是那个小时候觉得简直大得要死的地方。十年过去了，这里没有变化，还是大死了，乱死了。从前来这儿，心里其实有点怕的。一下车，就能看见带枪的警察。

　　如今那些警察还在原地，当然已经不是十多年前的阿Sir了。现在的他们，看着跟我差不多大，大块肌肉，光头，全副武装，表情严肃。而周围的人似乎习以为常，也许对他们来说，那些警察与书报亭一样，都理所当然地属于第42街的汽车终点站。

　　我从他们身边走过的时候，总是把腰挺直了，把头扬高了，对他们微笑一下，以此证明我的光明磊落，是个正宗好市民。

　　那时经过警察身边，我妈妈都会吓我说："做了什么坏事快说，不然他们把你抓了去，我也救不了你啦。"

　　"其实也没有什么大坏事，都是小孩干的小坏事。"那时我总是苦苦地求情。

路过书报亭时，我想起了小时候妈妈给我讲的童话，一只从康州搭长途车来到这里的蟋蟀，在汽车站的书报亭里唱小夜曲。这本书的名字叫《时代广场的蟋蟀》。

想想，还真有点感叹，从前一个芝麻小人般的我，做妈妈跟屁虫的我，如今回到旧地，在这个当年对我来说光怪陆离由梦铸成的钢筋混凝土城市里，开始摸索自己未来的路了。这种感觉是有点不可思议，还有些拾了便宜一般的高兴。

这个夏天，我有两个实习的地方。一个就在SOHO与唐人街之间的MOCA（美国华人博物馆），2009年Maya Lin（林璎）设计了这个极其现代、面积不大但内容丰富的博物馆。她也是一个华裔，是一个著名的设计师，极聪明，我非常喜欢她。

我在那里负责所有平面设计工作，可以尽情发挥我在学校学到的知识。我每周一、二去MOCA工作，每次都乘坐蓝色的A、C、E线或者黄色的N、OR线，在唐人街下。

小时候的记忆里，那里有许多兴旺的金铺子，琳琅满目的小商品，还有好吃的东西沿街叫卖，满街都是葱油饼的香味。

现在依然有满街叫卖的人，但从前带着中国和印度口音的叫卖声，悄悄发生了变化。热闹嘈杂的广东话也安静下来，难得听见，大家都说英文了。唐人街已经变了。

"9·11"之后，好多中国居民移居皇后区的Flushing，在那里建立了新的中国城。这条古老的唐人街渐渐地冷落下来，留守这

(MOCA) experience
the online
shares the
Chinese
stories
's in the

Step 2

What's Your Story?

Click on 'Add Story' at the top of the screen.

Choose a question to answer, or click on 'Tell Your Own Story'.

Step 3

Tell Your Story!

a. Give your story a title, and enter your story in the space provided. There is no text limit.

b. Tell us where and when your story takes place. Assign a geographical location (city/ zip code) and year (if known).

c. Add a corresponding photograph or video.

d. Tag your story. What key words or phrases would you assign to your story?

Fron

Each stop
a richly-d
Chinese
a group p
place.

Thank you for bei

◆ 纽约唐人街华人历史博物馆

ublished by the unique stories of the
an experience, the StoryMap is part
ion to promote democratic story-
ng learning. From journeys that span
personal passages of discovery... we
learn, and connect.

to PARIS to BEIJING to BRUSSELS
KI to TAIWAN to HONG KONG to
MADISON to PARK FOREST to
NEW JERSEY

ather spoke with a French accent...

Harrison Tchen
(1882-1947)

Visit MOCA

The Museum's 14,000 square foot space includes multiple exhibition galleries, interactive visitor kiosks, a multi-purpose classroom, research center, and a flexible space for various multidisciplinary public programs. Visit us online at www.mocanyc.org.

Main Transportation
N, R, Q, W, J, M, Z, and 6 trains to Canal Street; M9, M55, M103 buses

Museum Hours
Monday: 11am–6pm
Tuesday–Wednesday: Closed
Thursday: 11am–9pm
Friday: 11am–6pm
Saturday–Sunday: 10am–5pm

The Museum is closed to the public from Tuesday to Wednesday except for pre-scheduled group tours.

MOCA is closed on select holidays. Please check our website for closings.

Regular Admission Prices
General Admission: $7
Seniors (65 and over with I.D.): $4
Students (with school I.D.): $4
Children under 12 in groups: free
Less than & Free
MOCA Members: free

Target Free Thursdays
Free gallery admission every Thursday, 11am–9pm has been made possible through the generosity of Target.

Hours, admission prices and schedule of events are subject to change.

Membership
MOCA relies on the support of private individuals, corporations, foundations to fulfill its mission to serve and present Chinese American history and culture. Funds generated by membership provide critical support for the Museum's education, exhibitions, educational and public programs, and spec

MOCA members enjoy generous benefits, including free g and invitations to member-only openings, as well as discounts on admissions at events and performance in the Museum shop, a community bartering p

To join or to renew yo please visit www.moca call us at 212-619-444 membership, also avail

Support MOCA
To find out ways Museum or to disc program, please c ment Office at

Interns/Volu
MOCA is able t
extensive networ
volunteers. For i
at the address

Accessibili
The Museum
accessible.
Museum.

Space R
Planning a
celebrati

Conta
Muse
infor

Anchorage
Vancouver   Edmo
Seattle   Winn
Portland
San Francisco   Denver
San Jose
Los Angeles   San Die

g
okyo

Guam   Hawaii

an   Mexico Ci
Guate

Papua New Guinea

Tahiti

Brisbane

Sydney

Melbourne   Welling

里的大多是中老年人了，做一些小本生意，他们大概是不愿意离开居住已久的地方，死也要死在自己的老房子里，让我想起了上海的许多老年搬迁户。

现在的街上，还有一部分中国人在做生意，大多数都有自己的小店铺。另外，来了很多牙买加人，在拥挤的街上摆着箱子卖A货。唐人街还像以前那样人气旺，可再也不是我十年前来的那个中国城，记忆里那长长的Canal Street也似乎短下来了，不一会儿就走到了头。不过马路还是不干净，一摊一摊的脏水，塑料袋随风飞来飞去。

我小时候说过，无论如何，是死也不肯来中国城住的。而现在，我自觉自愿来为保留美国华人移民史、保护中国城文化魅力的博物馆工作了。也许正是因为一百多年前建立起来的唐人街正在走向变革，在这里建立一个华人博物馆才非常必要。现在，我为自己能与大家一起为保留华人移民的记忆而工作感到自豪。也许离开了自己的国家，才开始真正珍惜它的文化与历史，而且也渐渐理解了移民的复杂感情。我这不只是什么思乡之情，也不只是什么爱国之心，更好像是一种自我身份的认定。

我变了啊

　　纽约的地铁一点儿变化也没有，一走进地铁口，就有一股又湿又臭又暖的气扑面而来。

　　站在站台边等车，往下能看到潮湿的轨道上布满垃圾，那条已经用了一百多年的铁轨沿线住满了大老鼠和蟑螂。小时候我真害怕那里的大老鼠啊。在我的印象里，那些老鼠都是吃小孩的，一口咬在不乖的小孩的脖子上，就把他们杀死了。当然，这都是妈妈用来管教我的小把戏。

　　但是现在一眼望进黑暗的隧道，我还心有余悸。那个小时候看过的恐怖片《人骨拼图》，对我还是那么有威力，真是可笑。那时我常安慰自己，没人想收集一个从不喝牛奶的中国小女孩的骨头的，那么小，还缺钙，不容易做成一套拼图吧。

　　坐在地铁车厢里，一部分的我还是小时候的我，她仍旧喜欢把脸贴在玻璃上窥探喷满涂鸦的黑黢黢的隧道，喜欢偷偷把口香糖粘在座位下面。另一部分的我变了，臭球鞋变皮鞋了，手里抱的麦克猴子，变成了苹果电脑，以前不擦油的脸，现在也要修眉毛、化妆了。

哎呀，这就是生活呀。

不过，生活是美好的。

在曼哈顿岛上看人

SONY唱片公司是我周三、四实习的地方。索尼的大高楼坐落在Madison（麦迪逊）大道上，我小时候和妈妈经过过，在它楼下的咖啡座歇过脚，买过热狗和桂皮花生，却想不到今天我要来这里当实习生。心情好、天气又好的时候，我都会走着去上班。早上花三十分钟看看这个城市和城市里的人，是一件很能给我灵感的事。

其实我和妈妈都有喜欢看人的嗜好，一边猜他们来自什么样的家庭，生活得快不快乐，猜他们此刻正在想什么，他们为什么走得这么匆忙，或者这么不匆忙。

我们两个也都喜欢在黄昏家家开灯以后，从别人家没拉窗帘的窗子后面，看进人家的屋子里。小时候在上海，发现别人家有和我们家一样的淡绿色电风扇，还有大红色的热水瓶，就很高兴，好像见到知音一样。夏天，大家开窗乘凉的时候，还能闻到别人家晚饭的香味，或者，在黄昏时候还能听见家长破口大骂他的小

◆ 2010年，纽约街景

孩，小孩发出赖皮的哭声。那个时候，我总会有点幸灾乐祸，哎哟，幸好不是我。

曼哈顿的大街看上去像是一部百老汇歌剧，角色不变，背景不变，故事不变，只是演员在变。

匆匆走过的，是赶着上班、生活目标清楚的纽约客。站在马路中央，阻碍所有交通，赞叹一切，疯狂拍照的，总是来自各地的游客。目光闪烁、游手好闲、左顾右盼的，是做各种你想也想不到的非法生意的人。战战兢兢，衣着格格不入，又似乎满腔热血的，是那些来寻找美国梦的新移民。

这次，纽约的意义在我的心里发生了变化。纽约对我来说，不只是一个灯红酒绿色彩丰富的不夜城，随着长大，我发现了纽约灰色的一面，在这个城市里，这些风光的一面大多是给过客享受的，像十年前我和妈妈，我们就是过客，天天玩到累得吐舌头。

现在的我算是一个准纽约客，我在那儿帮SONY旗下的歌星设计他们的官方网站。这个夏天，我做的是歌手Jimi Hendrix（吉米·亨德里克斯）、Ozzy Osbourne（奥兹·奥斯朋）、David Archuleta（大卫·阿楚雷塔）、Fantasia（凡塔西亚）等人的网站。早晨八点半出门，晚上八点多才到家。到家自己做个晚饭，再遛遛房东的狗，就该准备上床睡觉了。对本地人来说，这种朝九晚五，或者是朝九晚十的生活，让他们没有时间停下来，歇一会儿，看一会儿，玩一会儿，他们的时间都耗在办公室里和漫长的公交跋涉上。纽约的实习，让我见识了纽约人真实的生活，或者说，现在的人真实的生活。

我要毕业的事实，妈妈比我还要紧张，她一直对我说要多玩玩啊，等到上班，就不好玩了。实习让我想到妈妈的告诫。

　　第五大道上的那些玩具店还都在原来的地方，施瓦兹啦，迪士尼啦，米高梅啦。进进出出的小孩，仍旧挂着我当年那样痴痴的表情。

　　周末我也会走进去看看，那地方还真是大。还和小时候一样，我一样一样看过来，一样一样摸过来，偷吃很多试吃糖，一天很快就过去了。经过粉色芭比家园的时候，我还是肚子里有点痒，这么矫情的地方，我可受不了。从来都受不了的。在施瓦兹里，直到现在，我还能找到很多比我个子还要大的娃娃，我一高兴，就和一只大蛤蟆拍了照。

　　在当年的米高梅玩具店里，我还特意照了张吐舌头的照片，就和我十岁那年照的相一样。这次帮我照相的不是妈妈，而是我的男朋友比德。

　　我说，你可得照好了，妈妈等着看十年以后，我的舌头发生了什么样的变化，还和原来一样尖吗。

◆ 2010年，纽约玩具店

拍完后，他笑着说："哎呀，你的舌头还真是尖，和长颈鹿的一样！"

我抢过照相机来看，对啦，就是这个舌头，真的和从前一样尖啊。

最贵的老太太店没有变化地矗立在原位，我没有进去。我想，等我成了一个精瘦的中国老太太以后进去也不迟呀。第五大道上最多的就是名牌服装店了，我小时候，在那些大店对面，吃麦当劳儿童餐的时候就已宣布过："以后长大自己挣钱了，一定去那些店里买东西。"然后，就狠狠地咬一口抓在手上的油炸大鸡腿。

如今，进出这些店真的不再稀奇了，再不会像小时候那样肃然起敬。我能用自己当助教赚来的小钱，为全家人和自己挑选一点时髦衣服。但每每在第五大道上逛街的时候，我都会想起小时候把20美元藏在小兜兜里，琢磨半天才花。我长大了，能帮妈妈爸爸买衣服，打扮他们了。真是有成就感啊。

逛纽约，就好比在周游世界。这个城市像一瓶感冒喝最好的混合果汁，把一切文化都搅在了一起。走在人群里，能听到各种语言混乱交织。大街小巷里可以很方便地吃到最正宗的意大利冰激淋，美味可口的老挝三明治，或者上海的油条豆浆。全世界的东西，样样都能在纽约的街边小店里享用到。这种宽广我最喜欢。

我还喜欢纽约成百上千的展览馆、博物馆、露天演唱会、露天电影、游乐场、嘉年华，在夏天全数向大家开放，好像夏天家家都得开窗户一样。身在纽约，你就别想和文化艺术脱钩。书包里塞一块毯子，一瓶葡萄酒，和一些自己烤的小点心，约上朋友们，傍晚时去时代广场的布莱恩特花园的草地上，看二十世纪二十年代的露天老电影，是再舒服不过的了。

周三在联合广场，看嬉皮士穿细脚裤尖头鞋，伤感地唱歌，人也跟着摇摆起来。

"同性恋游行"那天，好朋友Andrew（安德鲁）带我去东村的

◆ 2010年，纽约街景

同性恋酒吧喝各种啤酒，几杯下去，他醉醺醺地说："其实我不太喜欢到处挂彩虹旗的，我们同性恋对那样过分地张扬和标榜是有点反感的。"我点点头。过了一会儿，他说："亲爱的，干杯吧，为我的'不直'！"（not straight 在英语里是同性恋的一种说法）。于是我们就干杯。我不是同性恋，但这一点也不妨碍我与他们成为最好的朋友。

周末去大都会艺术博物馆消磨一天时间，是再好不过的事了。每个人都知道，如果要真正好好地把它看完，一整天根本不够的，所以就每次只慢慢看一点点好了。那是个我曾经痛恨的地方，我曾经翻着白眼，鄙视所有抽象艺术，是妈妈逼我来的。

现在，我要说出自己心中对这些作品的崇拜，现在我站在那些伟大的作品前面，不得不流连忘返。这样说，显得有点肉麻和讽刺，但这却是事实。有时候，我会带一盒铅笔和速写本在那里度过一个下午，通过临摹向它们致敬。有时候，会专程去细细看埃及馆里的木乃伊。还和小时候一样，我还是常常因为能近距离看那些古老的死尸而兴奋。

中世纪的那些耶稣受难画，现在也变得亲切起来了，修艺术史的经历，让我知道了画里的故事和背后的寓意，宗教让这些画变得神秘又伤心，我发现自己不再讨厌画中人忧伤的脸和暗色调。

抽象派和印象派现在非常吸引我。在自己设计的时候，它们总能给我带来灵感。我想，小时候的我，一定快要恨死现在的我了吧。一部分现在的我，已经"背叛"了小时候的我。那未来的我，会不会也"背叛"现在的我呢？

　　七月的一个午后，我去中央公园，寻找那尊安徒生铜像。谢天谢地，它在原处，远远地就看见它了。当我像小时候一样，爬到他身上，坐在他的腿上，这才发现，自己的身体如今只能勉强挤进他的怀里。我长大了。

　　太阳晒过的铜像暖洋洋的，记忆里铜像前面的大广场，原来只是一个小平台。

　　原来纽约不会因为我的改变而变。我以为它变了，其实它只是在见证我的变化。

　　等到我穿破100双厚袜子，磨破100双球鞋，变成一个干瘪老太太的时候，再来仔细检查一下纽约，或许会发现，该在那儿的，都还立在原地呢。

　　然后，我带着我的孙子孙女去逛第五大道的玩具店，给他们一人买一个猴子，一个叫麦克，给孙女，另一个叫乔治，给孙子，就像我和艾文小时候一样。而我自己，当然就去那家卖巨贵香水

◆ 2010年，纽约中央
公园的安徒生铜像

的店，用嗅东西已不太利索的鼻子，一瓶一瓶地试他们的香水，与我小时候跟妈妈去那里时看到的情形一模一样。

要是妈妈和我再来这里，便是我领着她，不用问路，也不会迷路。

要是我闻东西都不利索了，那我妈该有多老了啊。

眺望将来，在我小时候，就是一个完全彻底的梦。现在在纽约眺望，我站在小时候与将来的中间，它真像一个梦。

◆ 2008年，罗得岛设计学院，期末考试和老师在一起

上海
机场上方的彩虹

真奇怪，航空公司柜台前一个人影都没有，只有我和太阳两个傻子，还有她的大红箱子。

原来今天的航班取消了。太阳只好明天走。

我们俩决定就在机场住一晚。准备出发的心情突然就松了下来，这才看见候机楼里不少人都朝一个方向看，原来，在停机坪上方的天空中，出现了一道弯弯的、宽宽的彩虹。

"是两道！"太阳指着它叫了一声。

果然，仔细看的话，能看到真有两道彩虹叠加在一起，宽宽的，好像一扇非常重要而且神秘的拱形凯旋门。

"快许愿！"她急急忙忙吩咐我，自己赶忙对着彩虹交叉十指，闭上眼睛，嘴里就嘟嘟囔囔起来。

虽然她已经过了二十三岁生日了，但她从小到大的泛神论，却一点也没收敛，我想起她有一次在机场等飞机，怕飞机出事故，就祈祷说，天灵灵，地灵灵，上帝啊，佛祖啊，张天师啊，安拉

◆ 2011年，上海浦东机场

啊，观音菩萨啊，孙悟空啊，所有的神灵都一起来保佑我吧。那时她几岁？在哪里？好像是在日本大阪的飞机场，我们看到天上一裂，有条蓝色闪电直直地从高空劈进大海里。太阳那时说，她还小，还有好多地方没有去过，好多好吃的东西也没吃过，她可不想死。所以那天，她对着闪过电、暴雨如织的夜空嘟嘟囔囔了半天，那时她八岁。

是的，我和太阳一起在许多机场停留过。

太阳八岁那年，我们第一次做长途旅行。那时她真是个只有芝麻般大小的小人儿，不会说英文，也不认识钱。我在她书包里放了一张小字条，上面写着：我叫陈太阳，我的飞机航班是某某，我家的地址是某某，我家的电话是某某，请你打电话找我妈妈某某。我教她认识小钱，一块钱，五块钱，十块钱，这些都是打长途用的，两角五分则是打本地电话用的。教她认识谁是警察，可以请求帮助。那时，我算来算去，她只会在机场与我走散，其他时候，想要走散都不容易。

太阳第一次离开我做长途旅行是什么时候？是她十一岁的夏天。她在上海过了暑假，又回美国上学去。这次她还带着九岁的小表弟，他俩一起回家。在换登机牌的柜台前，他俩还打打闹闹的，在闸口和我告别的时候，还趁拥抱的时候，恶作剧地将满嘴的口水舔到我脸上，可一进闸口，知道我不在身边了，只见她浑身一紧，肩膀平平整整地，一手将表弟的护照与登机牌收过来握好，另一手拉住表弟的手。每个孩子都有一个时刻，让父母突然醒悟，这孩子，他长大了。走进闸口的那一刻，对我来说，就是她长大的那个时刻。他们俩，合伙跟大人讨价还价，节约下航空公司托管儿童的一百六十美金，安全回到美国，那钱就归他俩的小金库了。

差不多每次都是我去机场接太阳的，要不我们就是一起回家，或者一起出发。小孩子飞了一万里，回到妈妈安排好一切的地方，这就是家。哪一次是太阳来接我的呢？是太阳十八岁，高中毕业的那一年。那一年她独自住了一年，临毕业时，我才去参加她的毕业典礼，帮她搬家到大学去。太阳告诉我，她将一切都安排好了，她最好的女朋友会在家做好晚饭，欢迎妈妈。她和她的男朋友会来机场接我回家。

那是她第一次离开我，独自生活了十个月。她说，老师带话给我说，我应该为自己有这样的女儿自豪。她说，我将会看到她的高中毕业礼服上多了一条金色璎珞，那是优秀毕业生的标志。她还说，家长们会在毕业典礼上全体起立，接受毕业生和全体老师的掌声和欢呼声，因为他们的孩子成人了，他们的使命从此完成。"你自由了。"她在电话里宣布说，好像大赦令。

那个五月的下午，我坐在机场等太阳，中西部炙热的阳光，抹去了天空中所有的雾气和薄云，天空像蓝色的深渊一样。这时候，我看见一对少年，手牵着手走进来。那位年轻的女士穿着短衫短裤，露出健康结实的褐色皮肤。唯有脸上的笑容是我熟悉的——轻轻浮在面颊上，拉开了双眼之间的距离，并使眉毛高高向额头飞去——自从我沉重的腹部一空，太阳被助产士"咭"的一声拉出去，我看到她的第一眼起，这样的笑容就没改变过。

我们欢笑着越过下午空荡荡的候机楼大厅，跑向对方，但只有啪嗒啪嗒的脚步声，却不好意思发出任何声音，到底有十个月没见面了啊。

"走吧，我们回家。"那男孩高高兴兴拉着我的大绿箱子去停车场，太阳挽着我的小绿包，我倒空着手。第一次被这么照顾，不习惯啊。

难道太阳这就算长大了？长得好快呀。倒让人来不及准备。

"又想什么呢？"太阳推推我。

"想到小时候看过的一本连环画，"我说，"我妈给我买的。故事里有条小金鱼，生了病，身上的鳞都掉了。别人是金色的，彩色的，只有它是灰色的。要治好它的病，非得在有彩虹出现的夏天，跃过彩虹，到另一端去。那条小金鱼，等啊等啊，等到了彩虹，可是跳来跳去，就是跳不高。"

"最后肯定会跳过去的。"太阳说。

"是的。最后跳过去了，小金鱼浑身立刻就长出彩虹般的新鱼鳞。"我说。留在我印象里的，小画书上的彩虹，那可真是漂亮极了。

太阳嘻嘻笑着，将她的照相机递给我："我不光是那条小金鱼，也是造彩虹的，看，我是神。"

她拍了一张自拍像，侧脸，伸着舌头，彩虹从她的舌尖出发，横跨整个天空。一架飞往美国的飞机正在停机坪上，正像那条在小画书里病了的小金鱼。

"你可真不要脸。"我啐太阳。但实际上，我的确是这么想的。

"那是遗传的。"太阳伶牙俐齿，"但是我的心比你大。你小时候一定想当那条金鱼。而我，我口吐彩虹哟。"

我想起有一年，我们在新加坡机场等飞机，看到东南亚夏天的傍晚，雨后青蓝色的美丽天空中灿烂的晚霞。那一年太阳暑假后要升三年级了，那年她所有的专业课都是A，说到学校，她就激动，我知道这个孩子真是找到自己的天职所在了。她面向那一天的灿烂晚霞，突然说："现在我真是被我那光芒四射的前途晃花了眼啊。"那时她刚二十岁。

看着一个孩子，你的孩子，从生下来只知道哭，到渐渐成长，找到她生活的意义，确定她生活的方向，懂得为此付出努力，并享受努力的成果，而此时，生活还来不及给她致命的伤痕，这真是一种做母亲的幸福。

"想什么呢？"太阳又推推我。

"想在肯尼迪机场，你背着那只小绿书包，里面放着一张纸，怕你走丢了，被变态狂抓去做人骨拼图。"我说。

八岁到十八岁时的太阳，一直都喜欢动画片里的荷马。在肯尼迪机场，她跟我讨价还价说："我骨头质量又不好咯。我不喝牛奶，骨头长得太小了，又脆来兮。"就像《辛普森一家》里的荷马·辛普森关在伦敦塔里时，跟英国警察讨价还价，不惜供出远在美国春田镇上的玛姬一样。

太阳听了呵呵地笑，她和所有的半大孩子一样，最喜欢人家告诉她，她小时候的事。一边听，一边觉得自己好可爱。超级的自恋啊。

想起来，我们之间有那么多事都与机场联系在一起，好像我们这个家住在机场的候机楼里一样。其实我们平时总是忙忙碌碌，倒是旅行开始了，才真正开放心灵的世界。候机楼和机场酒店，是因为心心相印而深深留在记忆中。

太阳与我，熟门熟路地拖着行李，上了机场的穿梭巴士，去到机场酒店，登记入住，进到房间里，拉开窗帘，迎面就看见一望无际的天空中，一架飞机正缓缓降落，那正是我们俩第一次做长途旅行，在东京的JAL酒店窗前见到的情形，全世界的机场酒店窗前，恐怕都是同样的景色吧。接着，太阳在厕所里发现了会喷热水和热风的马桶盖，那是当年我们俩在大阪的机场酒店过夜时，小时候的太阳最喜欢玩的一样盥洗玩具。"不要用纸头擦了哦！"太阳高兴死了，所有的小孩都不高兴自己擦屁股上的屎吧，虽然太阳后来是那么喜欢画各种各样的大便，在饭桌上说各种各样的大便，每次放了屁，都好像发现新大陆一样自己先闻个透彻。

安顿好自己后，我们俩就出了门。在门口等穿梭巴士去航站楼时，那种只有在机场酒店的门前才会有的巨大的荒凉和孤独，夹着阳光和蓝天直扑过来，和从前一样。

从前我们俩，谁也不愿意说破这种心中总是油然而生的孤独感，那时我们就一起唱歌。

这次也是一样的。

我们唱了《萤火虫》，这是太阳小时候，我们一度最喜欢一起唱的歌。那年我们夏天时住在新泽西的小镇上，傍晚时分，草丛里一闪一闪的，全都是萤火虫。学着中国古代的故事情景，我们用手帕做了一个布袋，将萤火虫放进布袋里；又唱了《宁静的夏天》，这是太阳高中时候，我们在芝加哥的奥黑尔国际机场门前，唱得停也停不下来的歌。还唱了《七天》，这是太阳初中时候，我们在圣巴巴拉学会的一支歌，在艾文家。此刻，太阳回家看望父母，艾文也从洛杉矶回到纽约看望母亲。太阳的男朋友已经先回美国了，而艾文的女朋友还与他一起在纽约。1998年的夏天，艾文妈妈在施瓦兹玩具店买了两只短毛绒猴子，一只叫麦克的，给了太阳，另一只叫乔治的，给了艾文。此刻，那两只猴子都分别在这两个长大了的孩子的房间里，但艾文的爸爸已经去世了。

正在唱《糟糕的一天》时，巴士来了，空荡荡的，司机很奇怪地看了我们一眼，我们没有行李，被滞留在机场，看上去却如此惬意。我们唱着从前在爱荷华每星期看《美国偶像》比赛时，都跟着高唱不已的那支歌登上巴士，前往航站楼，和从前一样。

因为你这一天很糟糕

情绪才会低落

唱首悲伤的歌

很快就会雨过天晴

你说你茫然不知所措

你告诉我不要说谎

你挤出一个微笑然后去上班

你这一天很糟糕

相机不会说谎

但你会恢复过来

你也不会真的在乎

你这一天很糟糕

你这一天很糟糕*

航站楼在晚上变得安静了，夜班飞机的乘客们突然都老老实实地坐在自己的椅子上，守着自己的随身行李。宽阔而安静的航站楼显得有些伤感，就像不小心撞伤的膝盖，渐渐出现了淤青那样，那种旅行中能体会到的人生的孤独和漂泊感，在夜晚的航站楼里，就是沉浮着的伤感。我握了握太阳的胳膊，这时候，我能在她身边，和她在一起，我为此感到很庆幸。太阳的皮肤又滑爽，又细腻，让我想起她小时候，我为她洗澡时触摸到的皮肤。那个小孩，曾非常害怕洗头，害怕花洒里的水柱冲刷到脸上。

我们去航站楼里几乎空无一人的日本餐馆分吃了一海碗乌冬面，又去中国馆子分吃了一人份的炸鸡翅和酸辣汤，再去另一家美国快餐店吃了炸洋葱圈和果汁。这算是吃饱了。但还是到便利店里去买了冰锐汽酒和小食，准备带回去，一面看电视，一面在床上吃喝。

在机场过夜，就忍不住害怕吃不饱。从前我们总是因为时差睡不着，在机场酒店过夜，房间里却没有东西吃，或者食物太贵，我们不舍得花钱。被饿过了，就留下了怕。

路过一个一次成像照相亭，我们俩翻了翻身上的零钱，进去

~~~~~~~~~~~~~~~~~~~~~~~~~~~~

* 歌词原文：

Cause you had a bad day
You're taking one down
You sing a sad song just to turn it around
You say you don't know
You tell me don't lie
You work at a smile and you go for a ride
You had a bad day
The camera don't lie
You're coming back down and you really don't mind
You had a bad day
You had a bad day

挤在一起，照了相，纪念我们这一次又在机场过夜了。

照片立刻就出来了，两寸大小的照片上，我们挤在一起，笑得高高兴兴的，但都还掩盖不住人在机场里，眼睛里怎么也抹不掉的孤独。

我们立刻就在服务台借来剪子，将四格照片剪开，各自拿了一张，放进各自的皮夹子里。在机场，一切都要速战速决，稍一拖延，就各奔东西了。我这才真正地体会到，我和太阳一起旅行的日子已经过去了，她已不再是那个一到机场，就将自己肉乎乎的小手郑重放进我手中的孩子，而是懂得用笑意藏起自己的孤独，与我分清楚照片所属的年轻女士。

是的，多年以来，那些机场的经历，好像不同的相框那样，醒目地框出了太阳已经长大的事实。她十八岁时，站在机场的航班信息牌下面怎么说的？"我一点也不觉得国家是界限，我只知道城市与城市是不同的。最大的不同是食物、时差和风物，而不是语言与人心。"这是个世界主义的孩子，在国际机场频繁起降的航班信息牌下方渐渐成长起来。

那可是长长的，长长的旅途啊。

对我来说，这么多年来，太阳离开上海回美国的那一天，就意味着这一年，我夏天的假期也过去了。在太阳上大学的时候，我的时间安排也是有暑假的，只要太阳回家来，我就也开始放暑假了。不写重要的书，不做重要的事情，太阳在家里，她最重要。我知道她大学一毕业，就不会有这样相处的时间了。现在我一直都庆幸自己的识时务，抓紧了与自己孩子相处的时间。

太阳总是乘下午三点多的那趟飞机，我们总是在家里吃个实实在在的中国午饭，然后就陪她一起去浦东机场。从前，一路去飞机场，我们总是开玩笑地说，小祸水往西流去也。似乎兴高采烈，其实中间的不舍，双方也都心知肚明。这一天，太阳的爸爸再忙，也要找出时间来送她的。但是，他总是在我们两个人的说话声中无比安心地睡着了，歪着圆圆的头。

夏天的中午，前往机场的高速公路上，黑色柏油路面上总远远蒸腾着一团模糊的热气。小时候，太阳老是怀疑那团热气根本就是中国古文里的"海市蜃楼"。这倒把车里的两个老牌中文系毕业生给说糊涂了。这算是海市蜃楼吗？

这次在去机场的路上，我们和从前一样有一搭没一搭地说着话。太阳说着报喜不报忧的话，用一种自大狂的玩笑口吻说出来，来宽父母的心。

我们忍不住笑着骂她不要脸。太阳是在求学的不断迁徙中长大的，所以这种不要脸的玩笑在我们之间长长久久的了。可是这次，说着说着，突然发现，今年九月开学，就是太阳大学的最后一学年，如果明年她五月毕业后就去工作，那就不会再有暑假了。如果没有暑假，她就不再会像从前那样，每年能回家来住上三个月了。这个小孩，就像小狐狸一样，真要出去自己谋生了，只有圣诞节才能回家几天。

好像我们还没有严肃认真地谈谈这件事——太阳她真的长大成人了。

我想起来，她考初中时，我在她房间里陪她背书，背着背着，不知怎么，我们就讲到了她将要长大的前景，就开始商量她将来要做什么。我说，慢慢地，你就会找到自己到底想要学什么了，就可以争取到世界上最好的大学去学习。我那时刚刚从英国回家，跟她提到了剑桥河边躺着读书的学生。那时我们已经一起去过哈佛，太阳提到在暖房餐馆里看到的那些聪明面孔。我记得自己很羡慕地说："你的前途真是大啊。"

我小时候，做梦也想不到自己能到那些地方上大学。

太阳初中时候，那间准备考试的房间还历历在目呢。

"哦！"我一下子坐直身体。

太阳赶紧又将我按回去："不要激动。"

不过，她自己也很激动，就要大学毕业了呢。她撩起衣袖，像荷马那样露出一块松软的小肌肉。"赫赫！"荷马也是这样笑的，自以为是大力水手的时候。

太阳觉得自己已经学了一身好本事，可她又想自己学到的，都是在学校里的本事，她甚至学了一门沟通技巧课程，专门用来说服别人接受自己的观点，认同自己的设计，赞扬自己的工作。她希望自己能在工作中，继续学习如何将书本和作业上的知识用到实践中，与生活融会贯通。然后，她就查到自己还有什么缺陷。她的学术理想是，到了在实践中检验出明显破绽时，她才会有的放矢，回到学校，读下一个学位。

总之，她要结束从六岁开始的学校生活了。这是她从小学一年级起就梦寐以求的时刻。

"不过，我也很想做一年游学旅行。"太阳对我说。

那是我从前给过她的建议。她这样一个在忙碌中追赶着适应中国和美国两种非常不同教育制度的小孩，这样一个在中国以语文零分的成绩进入初二，但以三好学生的身份从初中毕业，又以全美优秀生的身份从高中毕业的坚强小孩，她曾度过如此紧张而独立的青少年时代，我觉得，她应该在工作以前，拿出一年时间，去世界各地旅行，游学，在毫无压力的状态下，再次独自好好想想，自己到底要怎样的人生。

太阳从出生到大学毕业，她难得有在康州的树林里玩人猿泰山的那一年冬天，有过闲暇时间。但回到上海后，必须追赶中国学校的功课，她有一年半时间是没有周末的。后来在爱荷华，她有半年时间，和同学一起爬树，在草坡上滚来滚去，挖雪屋，过一个小城少年安静的生活。但因为要跳一级，她必须在一年里读完两年的高中必修课程以及大学预科的数学，她常常做作业到深夜，提前参加美国大学升学考试，并为自己进入一所好大学做准备。

太阳度过了响彻着"快"的催促声的青少年时代。

她的大学，在全美大学作业排行榜上，2009年超过了麻省理工学院，成为全美国本科生中学业最为繁重的学校。太阳常常为自己能有更多时间做出一个可以得到A的作业，在地板上睡觉。因为睡得太不舒服，就不得不很快醒来。这是第一年。第二年的学业比第一年繁重，但她开始勤工俭学，因为她过十八岁了，不想再伸手问家里要买衣服的钱，也不想用家里给的零用钱捐给秘鲁的地震灾民。她以为这不是真正独立的捐助。

我可怜太阳太忙，她倒说，给老师当助教，班上有个韩国学生，在校园里看到自己，远远地就停下来，对她鞠躬行弟子礼："我真帅死了！"

这是个好孩子，我真是幸运。

这个好孩子，她大概会需要一年时间，只是在没人催促的放任中，休息身心，享受世界，与自己相处。

太阳应该要独自面对这个长旅行，这个独自面对内心与人生的旅行。

也许这时她能认识自己，然后知道，自己练就这一身本事，到底是为了什么。

"我想到伦敦和巴塞尔各实习一段时间，然后在欧洲转转，那里是艺术史的故乡。然后去日本上一门课，在日本和印度转转。当然还要去新西兰看看小时候的朋友。"太阳这样说。

她从小一起长大的朋友，十四岁时就独自去了新西兰，因为

227

2011年 上海 机场上方的彩虹

◆ 2007年，太阳高中毕业典礼

当时他的理想是做一个好兽医，而世界上最好的兽医学校在新西兰。当他在新西兰渐渐长大，发现自己没有做一个好兽医的巨大耐心，学习成为一个兽医，需要在本科读七年，比读一个小儿科医生的本科还要漫长。于是，他去读了酒店管理，一个经济社会中再正常不过的专业。但是，等他大学毕业那一年，他又发现自己并不喜欢成为一个酒店管理者。他喜欢的，是他从小就喜欢的漂亮衣服。小时候他就是个臭美的男孩子，而他的爸爸，就是一个臭美的油画家。他其实真的想做的，是时装设计师。于是，他决定回到大学去，开始读一个新的专业：时装设计。

"他找到了自己。"太阳为他高兴。

他们两个人，从小一起长大，十一岁后就难得在一起玩了，他们一个在北半球，一个在南半球，回家的时间总也凑不到一起。他找到了自己，而她将要结束一生中最漫长的学生生涯，走进社会这个课堂。

还有艾文，艾文也将要大学毕业了。

我心中盼望太阳能去做gap year trip。

有个小孩将它翻译成"间隔年"，翻得真有心得。大概他也是一个像太阳那样辛苦长大的小孩子。

在长途旅行中，她可以获得内心安静的时间和空间，赢得时间，再仔细想想自己的内心究竟想要建立怎样的生活，再仔细想想，自己是否准备好了做一个朝九晚五的大人，准备好了承担成年人的所有责任。在这个旅行中，她可以享受所有成年人的自由，而暂时不必承担一个人成年后一旦背负，就无从放弃的责任和义务。我想，我是在心疼我的孩子，她实在是不必急急忙忙就套上成年人对生活沉重而甜蜜的负重。以后，我想太阳会懂得，这沉重，真的太重，这甜蜜，又真的太甜。

小时候我带她去旅行，是想要带她认识世界，并对世界抱有亲切感。但现在，我在向机场飞奔的汽车后座上，鼓励太阳做gap year trip，是想让她在成年后，能有自由享受生活的时光。这是我作为妈妈能给她的最后一个庇护了。

"就让世界来成为你的课堂吧。教你如何作为一个成年人来享受生活，考虑生活，照顾自己，并且学习独处。"我心里对太阳说，但没有真的说出口，因为她已经长大了，需要自己决定下一年她想做什么。

"我可以为你支付飞机票，作为你的成人礼。"我只是这样向太阳建议。

"让我想一想。"太阳说。

我在前往机场的公路上，深深地体会到自己舍不得让自己的孩子完全长大的心情。旅行的确是个奇怪而伟大的去处，是一个人精神上的避难所，我想要太阳体会到这一点，在有一天，我不能再保护她的时候，她也有一个安全的地方可以躲避精神上的风暴，获得精神上的安慰。但转而想到，这是太阳独立完成的旅行，其中应该不再有母亲的位置，心中不免怅然。

西岸
宽容三章

2014年

　　Mission（米申区）是旧金山最多元的区。来自欧洲的传教士们最先到达并赶走了土著，接着西班牙裔们尾随来到，还有德国人、爱尔兰人以及南美人。到了二十世纪七八十年代，这儿又成了有名的女同性恋聚集地，九十年代喜爱摇滚的朋克们也被吸引了过来。如今，除了那些高薪的硅谷工程师也赶来凑热闹以外，这里也是艺术家们心仪的安家之地。虽然社区的高档化，大大抬高了物价以及租金，使得许多老住客不得不离开，但是无论时代如何在变迁，Mission一如既往地保持着自己独有的风格，它好比一大块玻璃胶，粘满各种五彩斑斓的土壤，杂七杂八的风味。透过这里的橱窗，你便能轻易地瞥见这里丰富的杂交文化。二手服装店的橱窗里，模特们可能顶着羊头弹吉他，也可能粘着紫色的羊毛胡子。有的橱窗被镶上了镜框，使街道直接变成了画廊。而餐厅的橱窗是最棒的，一眼望去，有的是被锡纸紧紧裹着的墨西哥肉卷；有的是刚出炉的手工烘焙的面包，整齐地排列在木架上；

有的是为热气腾腾的印度馕准备的五彩斑斓的调味小碟，这些不
同的气味所代表的不同文化，看起来似乎并不般配，却极其协调
地交织在Mission。

金色的落日下，Mission爱德华式的建筑群更加魅力四射。这
种房子是在二十世纪初开始火起来的。有钱人厌倦了维多利亚式
繁复的浮雕装饰，于是转型到这个设计相对较简易、颜色偏素雅
的英式建筑风格。爱德华式的建筑风行时期虽远远短于维多利亚
式，但在旧金山，特别是Mission却一直延续保留了下来。

Hipster（嬉皮士）都喜欢来Mission。他们爱来Valencia Street
（瓦仑西亚街）喝滴漏咖啡，买黑胶，逛一家又一家的书店、古董
店和二手服装店。走进这里的店铺好比进了一台时光机，穿梭在
二十年代与九十年代之间。打扮独特的店主们绝对是店铺体验的
重要部分，他们大部分都穿戴着时尚的二手服饰，刺满文身，在
你想得到以及想不到的部位打钉穿孔。常常是一副非常友好又放
松的状态，浇一浇店铺里的花草，摸一摸经过门口的猫狗，客人
少的时候一边喝着自己泡的印度茶，一边翻看书，简直让人羡慕。
好似在这家店卖东西，是世界上最好的工作。在Mission，连理发
店都逃不过这样的复古热流。透过玻璃，我看见老式的旋转座椅
上，一位大胡子男顾客正享受地闭着双眼，等待着手柄剃刀刮去
剃须膏下的胡须，渐渐露出毛发下光滑的皮肤。我在猜想，门口
的老爷车是不是也是他复古生活方式的必备行头呢？

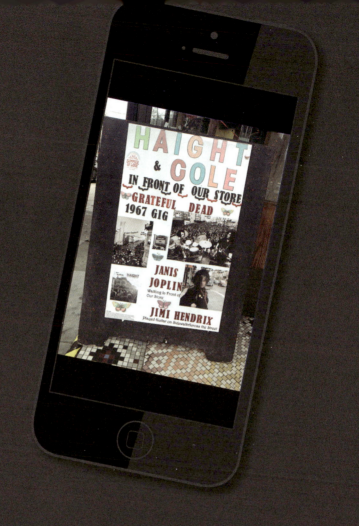

◆ Whiz Burger

这是一个 1955 年就坐落在这个交叉口的路边餐馆。它们以汉
堡出名，1/3 磅的牛肉馅，配两大条培根加上牛油果，全包在
柔软的面包里。要做到位的话，当然也少不了冰甜的香蕉奶昔
以及香脆的洋葱圈。让这家餐馆出名的还有另外一个原因，而
这是一个伤心的故事。1977 年夏，花匠 Robert Hillsborough
（罗伯特·希尔斯伯勒）以及他的好友 Jerry Taylor(杰里·泰勒)
在 Whiz Burger 买完夜宵后，被四个年轻人跟踪到停车场并施
暴，Jerry 有幸逃脱，Robert 却不幸丧生。而被施暴的原因竟
然在于他们同性恋的身份。这个惨案触动了旧金山，那年六月
的同性恋游行，有 30 万人上街抗议。

◆ Mission 壁画

2016年，Mission 曾被评为全美最酷的街区之一。是什么让它得此美名，是它藏满宝贝的旧货店？是它烟雾缭绕的大麻香？是它价格不菲的手工糕点搭配着来自异国的冷制咖啡？还是它布满街道的壁画涂鸦？当你漫步这里的街道，这些相互对立的景象，每分每秒对比着，搅乱你的习惯。这里的壁画如同变色龙一般以好几种不同的形态存在着。抽象的鲜艳色彩以及条纹花样，让你感到势不可当的流行文化。而第 18 街的 Women's Building（女人楼）上，来自七位女性艺术家的壁画却诉说着痛苦的历史，呐喊着性别平等。Balmy（巴尔米）小道里的涂鸦，时刻被许多不同的有名无名的艺术家们更新着，拼贴出了当今社会，有的作品在抗议旧金山昂贵的租金，有的嘲讽着今天糟糕的美国政治，有的只是在为失去的爱情叹息。走完这漫长的壁画小道，会让你更加迷上这里。因为 Mission 有种没法让人复制的独特气氛，美与丑、富与穷、懒与勤的共存，唯有这样的矛盾才能让这里生机勃勃。

◆ The Roxie影院

前段时间,我在这里看了Jodorowsky(佐杜洛夫斯基)的
Endless Poetry《诗无尽头》),一个小时以后我的屁股已经没
了知觉,这里的座椅仍旧是老式的,布制的椅套下能感觉到突
起的弹簧。The Roxie是旧金山最古老的电影院,只有一个小
小的影厅,300个座位,建于1909年。1933年被正式命名为
The Roxie之前,它曾有过五个不同的名字:The Poppy, The
New 16th Street, The Rex, The Gem以及The Gaiety。影院
所在的 Mission第16街是个有些乱糟糟的地段,在这里可以
目睹不少无家可归者和瘾君子们摇摇晃晃地漫步在散发着尿臭
的街头。二十世纪六十年代到七十年代初,这里的环境每况愈
下,到达了低谷,甚至连The Roxie也沦落成了色情影院。直
到1972年换老板以后,改头换面成了一个文艺独立电影院。
1979年,被禁了50年之久的法国片 *L'âged'or*《黄金时代》)
在此首映,如今多个国际电影节在此举办。

◆ Dolores Park

最西面，正对着 Mission 第一个教堂，是块风景极好的大草坡。
这是我最爱的旧金山公园之一——Dolores Park（多洛雷斯公
园）。在旧金山小气候的影响下，露天公园里总是暖暖的。这
里仿佛是一个乌托邦般的社区。西南面设计现代的游乐场给孩
子们玩耍，而东面可能聚集着贩卖大麻布朗尼的嬉皮士们。躺
在草地上晒日光浴的，有年迈的老夫妻们，也有喝得微醺的年
轻人们弹着木吉他。迎着夕阳，有人在踢足球，有人在做瑜伽，
有人在发呆，也有人像我一样，只是在看着人来人往。翠绿的
草皮在傍晚散发着清香。教堂钟声响起，好像一切都被神灵所
护佑。

爸爸

　　米申区是 2017 年我去旧金山时太阳陪我去的，后来我自己又去了一次。它的状况和特色太阳基本都写到了。从居住人群看，它似一个贫困区。马路上随处可见抽烟、吸大麻的黑人（旧金山大麻合法），斜倚在街旁的醉汉，搭着帐篷的无家可归者。但忽然就见一个留着长须、披着黑色长袍的老者飘然走过，或者是一个梳着奇异发型、戴着大耳环的女子招摇过市。太阳带我到一家很现代的美国餐厅吃饭，它的那种灰色、简朴、冷感风格似与米申区的气氛很相吻。菜是太阳点的：柿子胡萝卜沙拉、橄榄油柠檬生鱼片、牛骨髓涂烘面包、南瓜泥汤。最后是现磨的卡布奇诺咖啡。色香味都很精美，但又不显奢华。太阳刚来旧金山时，就在这个区租的房子，几个同学挤在狭小的空间里，经常去附近的小店买东西。那些店就和七八十年代中国小城镇里的差不多，有许多五颜六色的塑料用具、粗糙的包装袋，橱窗大都没有设计。我们一家家看，太阳述说着她们当年的窘迫和乐趣。这种怀旧是对曾经生活过的地方，或许还有更遥远的故乡，都有可能吧。最有意思的是去了太阳写到过的 balmy 小道，一条类似上海的弄堂。两边墙上画满了大幅彩图。太阳告诉我，最初的画从九十年代保持至今，每年有人来修复增色。大多是新创作覆盖之前的。今年以来最多的是反特朗普价值观。有幅画讥讽特朗普喜欢发推特，内容都是歧视黑人、女性、同性恋。也有画拆除美国与墨西哥之间高墙的。这些画的色彩都偏暗，有点墨西哥和西班牙的风格。

　　太阳喜欢米申区的原因都写在她的文字里了。我感到欣慰的是在她的审美里，始终保持着一种接纳多元文化，关怀每一个本土和边缘群体的价值观。

海特街

　　前几日，我走在海特街，发现Jimi Hendrix曾经的家已经变成以他命名的红色烟草店，1790号著名迷幻海报店Double-H Press成了一家泰国面馆，另一家火爆过的乐器店现在只是被关着铁门上着锁。难道嬉皮士文化的发源地，正在渐渐走向落寞？离我家不远的海特街我可是常来的，从来都是生机勃勃的，微风中飘着一股大麻味。也许这次我过于刻意地去追寻它的过去，才感到了一种丢失旧物般的失望。其实它并没有落寞，只是与时间一道向前流动着。海特街现在是一条热闹非凡的街道了，虽然显得有些商业化，但仍能看见多家橱窗里挂着麂皮流苏夹克、来自东方琳琅满目的饰物。五彩缤纷的乐队宣传广告与反战、环保口号一同遮住了墙面，店家不忘与时俱进地增加了一些嘲讽当届总统的产品，好比印着特朗普脸的卫生纸。"给我来6卷"，我看见一位红头发的女孩雀跃地喊道。原先的免费医疗中心，挂着同一个紫色的椭圆木牌子每天准时开放，只是告示牌上多了几条禁止贩毒的警告，但最后也不忘加上一句"我们爱你"。似乎对之前的警告感到小小的抱歉。沿边的金门公园，一直保持着露天演唱会的好传统，整年都有各种秀看。街头的年轻人们是新一代群居，他们认为不去洗澡可以节约水资源，所以常常看上去有些邋遢，头发粘在一起，牵着狗，有时在画画，有时卖自己做的首饰，当然也少不了大麻。他们没有给自己挂上嬉皮士的头衔，只是不经意地过上了花孩子们的生活，遇见旅客就咧嘴笑，摆出"和平"的手势。

旧金山这座城市在Summer of Love（夏之爱）之前就充斥着它独有的艺术氛围，从二十世纪六十年代中期起，一些艺术家兴起用这个城市的过去当作他们创意的灵感，从狂野的西部到优雅的维多利亚、爱德华时代，作品充满了生动的历史性和地域性。嬉皮士文化中的许多元素，其实是对五十年代"垮掉的一代"（The Beat）作风的一种延续，同样以反文化为主，批判当时主流社会的文化与观念。

六十年代，美国各地家家户户都在播The Andy Griffith Show（《安迪·格里菲斯秀》），和让人看了就感到清新凉爽的可口可乐广告。刚放春假的学生们守在微微凸起的二十几英寸电视屏幕前期待着Star Trek（《星际迷航》）的上映，在这个方盒子里，每天夹杂在家用产品广告和肥皂剧中的就是无休无止的主流媒体实时报道。这些画面牵动着整个国家。肯尼迪以微小的票数在选举中领先尼克松，但此时美国也即将正式卷入越战中。然而没人料到，不久年轻有为的肯尼迪，会不幸地在达拉斯被刺杀，终究成就了尼克松的总统梦。接着美国动真格第一次向大洋彼岸的北越派送了一批B-52轰炸机。炮火四溅在绿油油的稻田间、潮湿的热带雨林中、安静的小村庄里，噩梦开始了。任美国拥有先进的武器，壮实的大兵，还是抵不过戴着斗笠、瘦弱的越南人。报道画面中，每天可以看见，覆盖着美国国旗的棺木被整齐地排列在军用机场里，美军在被慢慢击溃。马丁·路德·金在他的演讲中，挂名美国是给全世界带来战争暴力的最大承办商。分分秒秒都有人去承受失去自己的孩子、兄弟和朋友的痛苦。国内的反战情绪星火般点燃。

当一切都令人感到沮丧时，西海岸的一些报刊媒体开始关注起一群聚集在旧金山Haight-Ashbury（海特街）附近的年轻人们，他们称自己为hippies，留着长长的头发，穿着牛仔喇叭裤，他们喜欢聚在马路牙子上弹着木吉他唱歌，也享受躺在金门公园里沾着雾水的草坪上，边吸着大麻嗑着迷药，边迎着夕阳起舞。尽管嬉皮士还出现在美国其他的一些城市，衍生到加拿大甚至欧洲，旧金山仍是最广为人知的起源地。嬉皮士，有时也被称为flower children（花孩子），是多么独特的一个群体，他们仿佛是生活在另一个世界里的人。这些彩虹色扎染装束下的身体里，蠢蠢欲动的是一种对新的乌托邦般生活之向往。也许是因为大家受够了令人哀伤又没完了的战争画面，比起看那些隆隆战斗机在越南被炮火熏黑的天空中盘旋，追踪嬉皮士们的新闻似乎更吸引人，大家好奇地想知道，这群人，他们究竟想要做什么。

虽然当时没有今天的网络和社交软件，可是"来旧金山Haight过夏天"的话茬野火般燃着了。1967年夏，十万人向北美西岸涌来，他们中有只是来度个假凑个热闹的中年人，也有附近军事基地假期中的士兵们，更多的是冲着加州不同音乐节而来的年轻人，他们相互怂恿，心血来潮，结伴寻找令人遐想的共产主义世外桃源。他们顶着蓬松的长发，拎着吉他，穿着印度纱丽，飘飘摇摇的影子在金门公园、Haight Ashbury一带被金色的日落拉得又黑又长，而这就是Summer of Love的开始。

　　有人说海特街一带渐渐变成了贫民窟，那里的人什么都干得出来。1967年，当时的旧金山警察局局长Dan Kiely（丹·凯利）愤愤说道："这些人不知道从哪儿来的想法，以为聚到这里就能得到免费大麻、食物、住所和性！"当时还是加州州长的里根曾说："我们必须以最快的速度来采取行动，反对这些给我们生活环境带来污染，对内对外的行为。"嬉皮士们说，我们所做的是探索，寻找一种新的表达方式和生活方式，在当下社会中创造出新的规则。安静地抗议一切，真正地去感悟作为一个人而存在的意义。我们共享资源，拒绝消费，唱歌跳舞，写诗绘画。我们热爱自然，反对战争。我们相信无论性别肤色，人人平等。嬉皮士们创造了"Summer of Love"，而他们带来的不仅是花环、喇叭裤、药物、音乐、反战、性自由，更重要的是他们掀起一股精神思潮，如同旧金山夏季的雾气一样迅速迷漫到各个领域。不久，这种新思潮和生活方式将从海特街漂洋过海到全世界。

　　嬉皮士的每一个创造都是一种表态，从音乐到文学到艺术到时尚。从时尚来说，他们热衷的牛仔布厚实又耐磨，是一种非常适合户外生活的环保材料。很多人也喜欢拼贴布艺，用来自不同国家，代表各自文化的二手布匹，将它们花花绿绿混搭起来。缝缝补补既是为了节俭，也是一种对世界和平、博爱的观念的倡导。嬉皮士们还借鉴了印第安人的部落群居生活，崇尚他们回归自然，不去浪费任何资源的美德，所以具有印第安人风格的麂皮流苏夹克也是令人着迷的抢手货。当时还兴起了对东方佛教信仰的传播，一是因为佛教所提倡无我、慈悲、尊重、和平的观念，二也是一种对主流社会基督教的抗议。海特街那会儿成天弥漫着印度香的味道，许多店家还挂上了西藏佛教的彩虹小旗子。随着越来越多的人闻声而来，共产团体和微型社区一个接一个地诞生了。免费医疗中心和超市也被建造了起来。以物换物，拥抱自然成了生活宗旨。音乐、诗歌、艺术则是必备的精神食粮。公园和街道直接成了露天音乐会的最佳场所。当Grateful Dead（感恩而死）在科尔街与海特街十字街口演出时，来看演唱会的人密密麻麻地遮住了整条宽敞的马路，蜿蜒了好几个街区，连屋顶和窗框上都爬满了人。渐渐地，来助阵的乐队越来越多，从The Who（谁人）、Jefferson Airplane（杰斐逊飞机）、Quicksilver Messenger Service（水银使者）到Jimi Hendrix、Moby Grape（大葡萄），It's a Beautiful Day（今天是美好的一天），这些迷幻摇滚乐好比鸡血一样不分昼夜地给大家打气，乐队的名声带来的蝴蝶效应，吸引了更多的年轻人来到这个已经过于拥挤的地带。为了安全起见，连当地的摩托车帮派"地狱天使"也被诗人Allen Ginsberg（艾伦·金斯伯格）请来充当保安。如今旧金山音乐节之丰富，毫无疑问地延续了当年的传统。

我认为嬉皮士文化，有一种消极与积极并列的矛盾。嬉皮士本身的生活是看似懒散的。旧金山又是个分不清季节更迭的城市，没有春夏秋冬。马克·吐温曾经说"The coldest winter I've ever spent was a summer in San Francisco"（我待过的最冷的冬天是旧金山的夏天），真是一点也不假，这个城市的六月常常笼罩在雾气中，本地人称之为June Gloom（灰色六月）。在这样一个提不起精神的月份里，大麻更是使人放松，大部分人每天都在吟诗作画，或烂醉在音乐会。但是别小看了这些自由散漫的人，他们是有理想和宗旨的，而理想好比宗教一般能给予人勇气和能量。游行肆起了，团结的年轻人让政府感到害怕，反战群体和警察们僵持起来，因为冲突，好些人被抓了起来。大多数的游行者是平静而温和的，年轻的学生们在军队冰凉的枪口中纷纷插上漂亮的鲜花。爱与和平才是他们的力量所在，大标语被高举过头，他们的口号是这样喊的："Make Love Not War""the Love Generation is For Everyone""Love is Happening""Flower Power""Keep the Faith Baby"。游行也分出了不同的主题，主要以反战为主，也有呼吁女性平等、同性平等以及反对种族歧视的，当然还有支持环境保护的。有人在那年拍了纪录片，我看时，画质已变得模模糊糊，一个留着长刘海的女孩儿坚定地说道："有人问我为什么不去工作，不赚薪水，而在这里游荡。但事实上我们这群人正在做这世界上最难的工作，即要改变这个世界，改变人的思维方式，而不是整天循规蹈矩地守着同一个规律，这难道不是更有意义、更困难的任务吗？"纯真的灵魂们相聚在此，为企图改变这个世界掀起了一场多么有意思的运动。

整整五十年后，今天的美国，重现着令人熟悉的画面，同样的游行，同样的口号，同样的姿态，仍在进行着，只是换了一代人。原来那些社会问题像是堆积在地毯下的厚厚灰尘，只是被遮了起来，但似乎从未消失过。与六十年代相比，这几次游行的人群中，少了一些留着长发弹着吉他的人，多了的是普通人，女人，不同肤色的移民，还有同性家庭。那个纪录片里留长刘海的女孩的诺言奏效了。美国社会在Flower Power（花儿的力量）的推动下一步步地向前走着。虽然缓慢，但更加深入。今年游行口号中有一句是这样喊的："They think they buried us, but they don't know we are seeds."（他们以为把我们埋葬了，而并不知道我们是种子。）新的花朵们正在破土而出。

注：部分资料来自Google以及de Young博物馆"Summer of Love"展览。

◆ 海特街街景

◆ 海特街街景

中
国
城

　　在旧金山靠近渔人码头的地方，就是比纽约下城更古老的中国城了。

　　走过龙门就等于进了中国城了，你会发现这里有着别样的建筑。它们盖着传统式的歇山顶却也长着美国式的凸窗，色彩非常独特，一栋栋楼紧挨着，有的是非常中国的红黄组合，或者朴素的白墙绿顶，有的被刷成鲜艳的粉红色，好像一块泡泡糖，有的又像是青柠橙子的夹心饼干。在阳光下花花绿绿地贴在一起，显得特别喜气。但它们并不是从一开始就是这副模样的，一场1906年著名的旧金山地震和大火几乎把当时的中国城给烧光了。那时候正好排华，旧金山政府提出了让整个中国城迁移到城市边缘泥滩上重建的方案，趁机想收回中国人这块紧挨着下城金融区的黄金地段。幸好那时候的一些中国人已经懂得怎样用美国的法律来保护自己，三番五次，最终让方案泡汤了。重建时，一个叫Look Tin Eli（看天礼）的华裔商人，说服大家来雇用美国建筑师，去设计出这样中西合璧的风格来吸引游客，并希望这样能重新建立中国城的形象，更能被当地人接受。

地震之前的中国城在当地人的眼里，不过是个道德败坏、破旧危险的红灯区，各种不友好的传言让人尽量避而远之。在和爸爸一起去中国城博物馆时，我们了解到当时苛刻的排华法禁止来美国寻生活的华工们携妻带子，无奈这么多单身汉聚集在一起，嫖娼的行业就慢慢兴盛了起来。白天的中国城和晚上是不同的世界，二十世纪初这里最著名的夜总会叫"紫禁城"，但是这样"不道德"的场所却讽刺地成了西海岸一个重要的中西文化交流之地，东方脸演艺着西方流行的娱乐节目、歌曲、舞蹈、魔术、杂技，样样都有。把中西部的美国佬都吸引过来了，对许多人来说，这是他们人生第一次这么近地看一看，这些黑头发黄皮肤的人。

这些特别的节目不断挑战当时美国人保守的道德观，男扮女装、性别模糊的演出吸引了许多本地的同性恋顾客。我其实很自豪，认为这是历史上很重要的一幕，排华法和反同性恋法将这两群这么不同的人聚到了一起。同病相怜会让人团结在一起，互相接受，寻求依靠。到了二十世纪中期，当旧金山警察大力打击同性恋时，好多中国城的酒吧，将自己的店铺秘密作为同性恋的庇护所。1943年有名的同性恋酒吧"Li Po"（李白）就是庇护所之一，李白开到今天也有八十多年的历史了，它可能是旧金山最老的 dive bar 之一。你能在里面喝到味道奇特，让你肚肠子发热的 Mai Tai（迈泰酒），昏暗的红色灯光下，能隐约看见墙上很久以前有谁画的传统中国画，屋顶上那个巨大的纸灯笼，上面的花样已经淡去，还破了几个大洞，却是极其的应景。同性恋们还是喜欢来喝酒，游客和本地人也来，这里已经不再是那个秘密的酒吧了。而 1939

年美国旅游书里所描写的那些所谓的"违背上帝的事"，也不再那么让人大惊小怪了。

今年我三十岁，在旧金山住了六年多。我喜欢这个全美国最老的中国城。在这里，一些街上仍旧有海鲜铺泼出来闪着鱼鳞的水，好比我和妈妈二十年前在纽约中国城遇见的一样，可是这样的鱼腥气，在organic food（有机食物）如日中天的加州，倒变成一种新鲜的象征了。我喜欢那些有点脏有点乱的旧商店，在那里仿佛时光倒转，可以购买到好多在上海都已经消失了的过气产品。那些包装盒常常蒙着一层灰，写着便宜价格的标贴，都已经旧得卷起了边，店堂招贴画上做代言的明星还是赵薇和黎明年轻时候的样子，梳着二十年前流行的发型。经过中药店铺，一股浓浓的草药味儿，闻一下都觉得病好了一半，我经常去的一家叫"东方行"的父子药铺，八十岁的曾老先生在角落里用一块碎花布帘子隔开诊病，两个儿子在外头帮忙抓药，临走时他们会送我山楂片吃。山楂片还是三十年以前的包装，一摞像一块钱硬币一样用金色的纸头卷起来，外面还贴一层粉红色的包装。我欣赏中国城的这种过时，因为过时得很有人情味。

而且这样的过时，正符合现在火热的二十世纪八九十年代风。中国城的老年人才是真正的fashion icons（时髦标志）。他们的穿戴，融合了年轻人最爱的街头元素，时尚圈效仿着他们重叠的穿法，撞色的搭配，渔夫帽，渔网袋，字体衫，过季运动鞋。连中餐店用的外卖袋也走上了时装周的T台，Instagram甚至有一个"Chinatown Streetstyle"（中国城街拍）的账号。你还能看到一些美国人开的独立书店与画廊和谐地夹杂在茶餐厅和中药店里。他们的开张派对上，并没有马卡龙、奶酪和葡萄酒，反而是蛋挞和叉烧包还有青岛啤酒。年轻人已经将中国城特有的元素变成了一种潮流的亚文化。

我刚到旧金山住下时，妈妈就来探营了，那时爸爸不能来，妈妈一个人来看我过得好不好。其实我一直都很好。妈妈一直都惊叹我的勇敢。

那次妈妈和我去了天使岛。和许多年前我和妈妈在纽约去埃利斯岛一样，天使岛也是从前的移民局关卡，那里曾羁押了不少华人的移民者，等待通过移民材料审查。

清晨，我们的渡轮慢慢驶向藏在一团大雾里的天使岛。一起下船的游客并不多，他们有些是来这个岛上野营的。我和妈妈沿路慢慢地走，这里有着西海岸的自然风光，大片茂密的植物在雾气渐渐被阳光烧去后，显得格外绿，我们看见了几头鹿，蹿上蹿下吃着野花。天使岛和埃利斯岛相比，游客稀少，感觉更大，更孤独一些。当年的移民中心如今已经改建成了纪念馆，四下无人，我们甚至怀疑到早了。这里的木板墙全被刷成了白色，太阳晒在上面，反倒有种安宁的感觉。墙面坑坑洼洼的，仔细看原来都是中国字啊，一行一行，非常整齐地布满了好几个屋子。这是当时的中国移民，在漫长的审核等待中，刻下的诗文。有的是写思乡，有的是对现状的无奈，抒发悲伤。我惊叹每一首诗都作得好，每一个字都刻得美，会写诗的人是不是更容易多愁善感呢，我想象着他们的样子，瘦弱安静的中国人，被囚禁在小岛的木屋里深深体会命运的渺茫，他们与自己向往的新生活，距离只不过是25分钟的渡轮，近在咫尺，又遥在天边。

那一年，我和妈晚上也去唐人街逛，好像我们都相信晚上能让我们看到一些白天被喧嚣埋藏起来的东西。

晚上，商店打烊后的唐人街，好像一个还没有来得及拆除道具的闭幕的舞台。忽然闻到了一阵阵暖烘烘的香气。也许我和妈的肚子都饿了，我俩像动物一样，努力地用鼻子搜索着气味的源头，顺着香味，我们来到了开在深深小巷子里的一家店铺。看进去，我的天哪，从天到地堆满了好像元宝形状的fortune cookies（幸运饼）。fortune cookies在美国人眼里是中国的传统零食，而中国人在来美国之前，从来都没有听说过这样东西。我第一次吃fortune cookies，是六岁时在新泽西的夏天，我们好像去了一家中餐厅，饭后叔叔婶婶神秘地递了一个fortune cookies给我，让我掰开。

咔嚓。

我惊奇地发现里面有一张小纸条，一面印着预言，另一面印着幸运数字以及有着英语翻译的中文成语。从那以后，我每次去吃中餐馆，一定都会在饭后，慎重地读一下fortune cookies给我的预言。

妈带的书上标出了这家fortune cookies店，是唐人街最老的一家。这家fortune cookies的小作坊正在工作，香甜气味弥漫在这条唐人街最老的小街里，让人仿佛感到一种过节的幸福。

灯光昏黄地洒满了小街，好像很有预知未来的气氛呢。

现在的中国城，就如当年看天礼所期望的一样，成了旧金山非常重要的景点之一。这里人口如此密集，市长为了安全，特地为这里的十字路口批准了新法律。你如果有机会在Clay Street（克莱街）与Kearney Street（卡尼街）过马路的话，你会发现，突然所有的交通灯都变红了，大家可以从四面八方一起过马路，斜着走也可以。这个亚裔市长说："保护中国城的社区非常重要，因为这里不仅是一个旅游点，也是大家生活的地方，而这种精神状态对一个社区来说是难能可贵的。"

◆ 旧金山唐人街

跟屁虫进行曲

255

故鄉遙憶雲山斷
小島徹開宋雁宸
失路英雄空說劍
窮途驅士且登台
應知國弱人心死
何事因困此處來

◆ 旧金山唐人街

2018年　西岸　爸爸与太阳参观美国华人历史博物馆

太阳读小学的时候，我在上海三联书店任总编辑。当时香港三联出版了一本《海外华人百科全书》。我翻了，觉得挺不错。特别是那些海外华人的血泪史，知道的人并不多。那时正值大陆兴起留学潮，我觉得让留学生更多地了解海外华人历史很有必要，于是向香港三联的总编辑赵斌先生买了该书的版权。没想到二十年后，太阳成了海外华人的延续。

我记得那天下午太阳请了半天假，特意陪我去美国华人历史博物馆。那是我第一次可以来美国探亲。而她已在苹果公司工作五年。从实习设计员干到了艺术总监。她每天早出晚归非常忙，但还是列出了一系列我该去的地方，给了我地图、交通卡。但我们彼此都知道，这是一个重要的地标，她亲自出马了。

我们坐1路电车，快进入唐人街时，车停在一个有点陡的斜坡上。下来走几步，见一栋老砖砌的楼房，上面写着"美国华人历史博物馆"。进门光线有点暗，前台卖票的是一位美国年轻女子。我觉得有点奇怪，太阳说这很正常，馆里雇用她，她也愿意。我说可能她喜欢中国文化。太阳说那也不一定，就是找到一份她合适的工作，或许离家近、或许较清闲而已。这时，旁边一扇有中国镂花窗板的长窗里，影影绰绰出现一位男子的身影，他与美国女孩嘀咕了几句，然后打开小窗门，递过来一份厚厚的中文说明书。

展览馆里只有我们两人，没有中文的地方，太阳帮我做翻译。旧金山的华人史约从1849年的淘金年代开始，大批华人远渡太平洋，来到这里采挖金矿。然后是1865年后修建美国第一条铁路，华人成了最主要的

"苦力"。Kuli这个英文单词就来自那时。还有就是一些商人在现在的唐人街购地置业。早期华人的艰辛、勤劳、屈辱、忍耐力，当然也有成功者，都在这馆里有展示。其中一个重要的蜡像场景，就是天使岛上的移民审查官盘问中国入境者。一个穿制服戴眼镜的审查官瞪着眼，对面坐着一个不到二十岁的留长辫男子，穿一件黑色对襟短衫，旁边站着一位翻译。录音机里不断放着："你叫什么名字？""你从哪里来？""家里有什么人？"回答的大都是广东口音。这会让人想起今天中国人去美国，有时也会被带到小黑屋盘问的场景。

太阳指着另一边布置成天使岛监狱样子的地方告诉我，她和妈妈去过那个岛。当时那里关着许多华人，等待移民局审核材料的结果。我在中文资料上看到，受审查的华人最长被关了九个月。如调查材料不实就被遣送回国。确实也有些中国人编造假材料，说父母在美国工作，写了小字条藏在帽檐下、眼镜盒内，或写在包装纸上，然后背出来应对回答。这些混进来的人后来有个专门名字叫paper son（纸孩子）。他们有两个姓，一个是真实的，一个是入境时编造的。直到结婚成家，有了自己的孩子，学校布置写家史的作业，他们也不敢暴露真实的姓氏。早期美国华人的这些心酸历史，像太阳这样的新一代移民并不都知道。1865年，美国颁布了《排华法案》，说华人肮脏、欺诈，是劣等民族，在当地百姓中散布仇华情绪，其真实原因是大量华人涌入美国后，因他们的勤劳、聪明，甘于忍辱负重，抢了当地人和其他外国劳动者的饭碗。其间，就发生过爱尔兰等劳工袭击华人劳工营地的事件。后来，那些积累了财富，开始做生意的华人，在旧金山购置了土地，建楼房、开商铺、办学校，一个华人社区渐渐兴旺起来。但那些垂涎这片土地已久的本地商人想利用《排华法案》驱逐华人，坐地为王。几位中国商人奋起反抗，集全力聘请了一位著名律师与美国人打官司，他们问：美国既尊重欧洲移民，为何不同等对待亚洲的华人移民？最终官司胜诉，保留下了这片土地。这就是距今已有170年历史，全美最大的旧金山唐人街。如今走在街上，看到的都是老会所、老商铺、老人。除了马路、汽车、店里的商品可以见证的工业化的进程，唐人街似乎仍弥漫着早年的气息。太阳说，中国城已很少有年轻人居住，现在变成了西方人的旅游景点。旅游团走后，偌大的唐人街显得有些落寞，但太阳每次与我来总还是兴致勃勃，哪家餐馆好吃、哪家店有卖中国的老东西、哪里的蔬菜较新鲜，她都知道。她带我去她配中药的店铺，站在柜台前与开店的父子聊天，好像他乡遇故人，很熟。还问他们附近有无新开的好吃的中国饭店。后经他们介绍，我们去了一家牛肉面店。那个牛肉酥软喷香，真是绝了。

展馆里还保留了一些当时的报纸，从中可以看到，华人经过一次次斗争，终于迫使美国在1925年废除了排华法律。但这个体制，一直延续到1965年。这期间，华人在各方面仍然受到歧视。中国人是一个极具忍受力的民族，许多华人含辛茹苦、逆来顺受，为生存不为自由地活着。这种忍受一直到美国文明可以相对公正地对待不同种族，人权观念开始深入人心，种族歧视成为一种社会公认的政治不正确，才开始有所改变。

临近闭馆时，我和太阳来到底层的一个中文图书室。看见一位女工作人员正在安装麦克风，准备晚上的讲座。我翻了几本书，突然就发现了那本我当年从香港三联引进的《海外华人百科全书》，我拿在手上，太阳帮我拍了一张照。冥冥之中，我总觉得有某种声音在呼唤。这些华人漂洋过海，最后客死他乡，许多人连尸骨都无人收殓。但他们对美国社会的贡献，对一个个中国家庭的支撑，今天新一代中国移民是不应该一无所知的。更有意思的是，我在小卖部买到了一本1972年的摄影集，作者是一位意大利摄影记者，他记录了当时北京、上海、广州等城市普通人的生活场景。那时中国人的脸上挂着温和、勉强的笑容，缺乏自信。但已没有早期华人的愁苦、猥琐。他们似乎是新一代中国人脸的过渡。看看今天太阳他们这一代年轻人的脸，你至少知道他们已衣食无忧，对生活怀着憧憬。

回来时，已是暮色中。旧金山的夕阳在粉红与橙黄间，很美。可能正逢下班，唐人街一下子人多了起来。我们等了两辆车还是上不去。从车窗外看，里面还是有空的，但外国人似乎都不肯动一动。我嘀咕了一句：他们怎么不顾下面的人。太阳说，他们习惯有私人空间，不能碰到身体，所以车子就无法充分利用。我与太阳说，中国这样的国家人太多了，公交、地铁都很难做到这样的私人空间，有些文明也是有条件的。太阳表示同意。我们在路上就着一景一物，常会讨论一些中美文化的差异。虽然太阳嫁的是美国人，她的生活也已融入美国社会，许多朋友觉得她更像美国孩子，但我觉得太阳对中国的传统和中国的进步还是有自己的判断的：她和北德商量在婚礼上要有中国传统"拜天地"的仪式，她坚持婚后保留"陈"的族姓，她为朋友设计的礼物总是想到要有中国元素，她对上海时尚地标、特色小吃有时比我们还熟悉。我想，这就是她作为一个华裔女孩的根吧。

新英格兰的圣诞节

2017—2018 年

　　我和北德两个人，匆忙地在旧金山的公寓里整理着箱子，十二月的加州仍旧是阳光明媚，太阳将家里烤得暖烘烘的，即便穿着夏天的衣服，背脊仍旧微微冒汗。我们正翻箱倒柜找只有去Tahoe（塔霍）滑雪时才用得着的大衣和各种御寒装备，一番景象还真是有些滑稽，不就是去东部过个圣诞嘛，看来温暖的加州软化了我们。那些还没有来得及包装起来的圣诞礼物，比如来自摩洛哥的瓷碗和小木匣子、来自葡萄牙的母鸡型蜡烛以及橄榄油等等，都被蓬松的羽绒服严严实实地包裹着，一下子就把箱子给塞满了。

　　几个小时以后飞机着陆罗得岛，昏昏沉沉的我们随着人群踏出机舱，一瞬间就被栈桥里的刺骨冷风给吹醒了。这是新英格兰的冬天向我们打的第一个寒冷的招呼。当地的机场小小的，不用多久我们就取到行李，迎接我们的是守候多时的北德父母，霎时两个美国式的巨大的拥抱迎面扑来，新英格兰的第二个招呼是极其温暖的。

罗得岛并不是一个岛屿，而是与马州以及康州接壤的一个海滨州，虽说是美国最小的一个州，却在独立战争时期，第一个签署了独立宣言，最后一个签署了宪法。我和北德是在这儿读人学的时候认识的，想想那竟然也是十年以前的事了。他来自距离Providence（普罗维登斯）四十英里的Tiverton（蒂弗顿）小镇的一个海边农场。

到达的第二天，我们立刻有活要干，必须得搬一棵新鲜的松树回家。在北德家，是绝对不可能过一个没有圣诞树的圣诞节的。Peckham（佩卡姆）家的圣诞树农场离我们很近，就在路的尽头。因为接近平安夜，大部分的树已经被砍走了，剩下的树都比较衰，一眼望去，特别是在这个阴雨天，有种苍凉的感觉。其实北德爸妈在我们回来之前就找到了心仪的，并且用银色的绸带做了标记，等着全家到齐了一起去带回家，谁知哪个缺德的人，在我们去之前就偷偷先下手为强，砍走了树。在冰冷的雨中，大家抱着最后的希望，想找到一棵像样一点的。终于在圣诞树农场的最北边，我们看到了一棵偏小的年轻松树，在冬雨的拍打下，显得绿油油的。就是这棵啦，北德爸爸取出电锯，一秒钟就割断了树桩子。卡车载着圣诞树和我们一群兴高采烈的落汤鸡们，颠簸在回家的乡间小路上。

我一直很喜欢北德妈妈装扮的圣诞树，她每次都用那些不仅好看又承载着许多美好回忆的装饰，一年接着一年，存满了一整个木箱子。其中有北德姐姐碧西二年级时做的手工小姜饼人，北德刚出生那年收到的第一个薄荷色的婴儿车雕饰，碧西2015年为她爸爸做的毡毛夹心饼干，还有两个天蓝色的木头雪橇，上面由芭比阿姨用白色的颜料手绘了姐弟俩的名字。将这些带有特别意义的物件，混杂在那些带有节日气氛的装饰中，绕上灯，在树下安上会冒出蒸汽的玩具火车，才能算真正把打扮圣诞树这件事给做妥当了。

天上开始飘起了雪花，非常大片，又轻又薄，地上积起了一小层，可惜不久就化了。今年我们并没有如愿等到滑雪橇的白色圣诞节，心里不禁感到少许遗憾。尽管如此，节日的气氛不会因此而被稀释。家中因为所有的孩子都到齐了，十分热闹。烘焙是庆祝美国圣诞节的另一个重要环节。这次我做了一种加有豆蔻香料的瑞典小松饼。预热烤箱至350°F，将牛奶、黄油与糖搅拌成蓬松的鲜奶油，敲进几个鸡蛋，滴上小半勺浓缩香草汁，最后不能忘记最特别的褐色豆蔻粉。把这些送进烤箱的肚子里，不久一种暖洋洋的香甜味儿，就从厨房蔓延开来，让整个人都舒服起来。与此同时，北德妈妈也忙活着圣诞晚餐，就好比中国年夜饭一样。主餐有烤牛肉，特意为北德做的奶油龙虾意面，和我喜欢的简单白萝卜泥。碧西准备餐前小食，各种饼干与芝士配上自家酿制的蜂蜜，当然还有大家都爱的超级迷你小热狗，美其名曰"裹着毯子的小猪"。而男人们这个时候也没有闲着，他们正勇敢地在户外零下的温度里，奋力劈着今年冬天烧火炉用的木柴。从十二月底开始，天气终将会变得越来越冷，所以一定要赶在真正的天寒地冻前，存够两个月的柴火。我不停地穿梭在劈柴与和面之间，一会儿挥动着斧子，一会儿打着鸡蛋，全力以赴挑战着"一心不能二用"这个词语的意义。

北德爸爸和北德一样，也是一名建筑师。他亲手拼造出了今天的家。在1984年，他先将一个1790的铁器店与一个1830年存放玉米的小屋合二为一，成了他们的第一个家。1992年，两个孩子都出生了以后，又增加了第三个盐屋部分，典型的新英格兰木瓦风格。屋子就建在了北德妈妈从小长大的Fogland Ferry Farm（雾地渡轮农场）上。这个农场本属于北德的外公外婆，有八亩地，直到2000年，仍是一个非常丰富的蔬菜农场。而更早以前这里是奶牛场，属于来自英国的移民Herbert Almy（赫伯特·阿尔米）和William Almy（威廉·阿尔米）兄弟，他俩在二十世纪二十年代美国禁酒时期，偷偷地用农场作掩护，做着进出口朗姆酒和威士忌酒的买卖，这样的"rum runners"的非法生意，在那个时候的新英格兰还是很有市场的。如今农场基本不再大面积耕种了，北德爸爸妈妈就在离屋子近一些的土地上为自己种了一些瓜果，养了几百只蜜蜂，酿蜂蜜，制蜂蜡。

北德的外公是瑞典移民的后裔，曾是当地令人喜爱的小学校长。夏天放假时，他就摇身一变成了农民，开着红色的老式翻土机，在自己的土地上种上了玉米、西红柿、豇豆、土豆、辣椒、丝瓜。除了自己家里吃，也分给周围的邻居。还有剩余，干脆在农场的路口建了一个小木棚。将蔬果都标好价，也没人守摊，路过的人如果想要什么，就将钱丢进边上的旧洋铁盒，做的就是诚信买卖。最惊人的是，那些卖蔬菜赚来的钱，慢慢存起来，竟然支付了北德妈妈上大学的费用。当然，七十年代的学费也是今非昔比。农场前有一排白色的木篱笆，与《汤姆叔叔的小屋》中所写的很像，北德告诉我，他高中夏天在这里粉刷白篱笆时，开车路过的同学们常常开玩笑对他高声喊："快看呀，是汤姆·索亚，汤姆·索亚！"可惜的是，不像马克·吐温小说中描述的那样，并没有人愿意用他们的零食来和北德交换做一次粉刷匠的经历。

过节的时候，因为各种美餐，常常在饱足感的驱使下感到昏昏沉沉的，所以必须去户外走走，让冷风来吹醒我们。散步到屋子东面的农场，如今看上去普通的大地，却经历过令人难以想象的历史。几百年前，因为靠近水源的地理优势，土著印第安人曾经在此安过家，层层泥土中，仍旧能觅到他们当年的踪迹。北德妈妈告诉我们，如果用心寻找的话，可以挖掘到一些他们曾经手工敲打出来的石箭头、锤子，或者捕鱼用的工具。为了方便我们的寻宝计划，北德爸爸还特意用翻土机为我们松了松土。在夕阳的照耀下，已经有些结冰的泥土闪着金光，好像有意在诱惑我们。我冻得鼻涕直流，手指头已经由冷变麻。第一次做这样的考古活动，我心潮澎湃，半个小时下来，收集了六七个我自认为有希望的文物。远处的北德妈妈招手让我们去她那儿，她摊开掌心，有一个两寸长、形状类似于大杏仁般的深灰色石块。仔细看，它中间比较厚，向边缘渐渐变薄。有一头比较尖锐，表面有着坑坑洼洼注，敲打的凿痕。"一个完整的箭头！！"北德妈妈的脸被落日映得通红，也可能是因为冻着的关系，她竟然有一点热泪盈眶地说："如果外公外婆还在的话，他们会为这个发现感到多么高兴！"晚饭后，我小心翼翼地将自己找到的"宝藏"洗干净，在灯光下仔细观察，几乎每一个都被大家否定了列为文物的可能性。在完全放弃之前，终于有一块，和北德妈妈找到的那只非常相似，小了一号，更为粗糙，但确实也是一个完整的箭头！我激动地紧紧握住它，仿佛通过整个箭头，我能穿越时空感应到制作它的印第安人。听北德爸爸说，曾经在这里生活的印第安人，为了维护自己的家园，被迫与殖民者发生冲突。1675年的七月，"菲利普国王战役"吵醒了原本安静的土地，种种反抗后，印第安人的整个部落终究被驱逐了。

假期总是很快就虚度过去了，一眨眼的工夫，我们已经在候机室里，等待回程的飞机。广播开始报出航班，然而并不是提示我们去登机，而是抱歉地通知我们所乘坐的航班即将延误两个小时。那就意味着我们将赶不上纽约的接驳飞机，回不了旧金山了。无奈之下，我们只能再换第二天的航班。已经回到家的北德爸妈又返程四十英里，再次来接我们，虽说来回折腾很伤神，但他们自然也是窃喜我们又延长了留下的时间。回程的路上，收音机里预报着即将袭击东部的暴风雪，名为Bomb Cyclone（炸弹气旋），一个还没照面，就已经让人畏惧的名字。沿路经过超市买菜，几乎找不着车位，里头大家拥挤着排长队购买各种物品，好像世界末日即将到来。我怀着不好的预感，查了一下刚定下的新航班，果然已经被更新成红色的"取消"字样。这样也好，我们就安心地回家等待着Bomb Cyclone的到来。不虚此名，来势凶猛的风雪很快就堆积了半米深，大风把还未粘起来的新雪吹得飞飞扬扬，好比白色的粉末。关死的门窗发出呜呜的风声，伴着柴火燃烧的噼啪响，有种安逸的感觉。电视里头出现了罗得岛州长，一位四五十岁，留着黑色短发的女士。她看上去一脸担忧。说一句顿一句好像在告诫自己的小孩一样。她正在提供各种救急电话，预言全面断电的可能，让大家趁早备好食物、手电筒、御寒装备，等等。

此时，我和所有的小孩心情是一样的，有那么点害怕，有那么点幸灾乐祸，所有的学校都将关门，寒假又延长啦。此时，时间好像是白给的，于是我和北德赶紧把雪靴、滑雪板、雪橇从阁楼里一股脑全搬了出来。一步一步，一深一浅，我们踩在最新鲜的白雪上。风雪吹得人睁不开双眼，可我们高兴得什么也顾不上了，因为这是让人等待已久的新英格兰白色圣诞节。

爸爸

北德的老家我去过两次，第一次是 2011 年 6 月，我们去罗得岛设计学院参加完太阳的毕业典礼，北德开车带我们去他家。那是一个有几英亩地的小农场。路上开了将近一个小时。傍晚时，车驶进一条有草地、有果树的小道，侧目就是海边。一栋新英格兰式的木结构楼房立在眼前，这是北德外公外婆当年的住处，已有七八十年历史。楼道墙上挂着这小屋当年的黑白照片，同一个地方，周边看上去有点荒凉。而今天的这里，优美、宁静，好像画出来似的。我想，其实这里一直是优美的，只不过英国殖民者占有了印第安人的优美。当时没有彩照，黑白本身成了历史的印记，但它并不呈现大自然真实的写照。

我至今仍记得那天晚上北德妈妈煮的大红虾、新鲜的蔬菜沙拉、特别香的土豆泥。食物都来自这里的田野和大海。你能够品尝出这种食物与地域的亲密关系。太阳的身份有点奇怪，既是客人，又是主人地照应着我们。她从大学与北德谈恋爱起，几乎每年都到这里过圣诞节。这里的冬天很寒冷，即使过节，大部分时候也是一家人围坐在餐桌旁，或火炉旁边喝茶、边谈笑。没有中国春节那种人来客往的热闹。这对一个从小生长在大城市的孩子来说会不会有点冷清？但北德一家对太阳十分热情，农场各种活计既新鲜又忙碌，加上太阳天性的暖人，每一年的节日她都过得很愉快。

第二次去蒂弗顿镇，是去参加他们的婚礼。整个仪式就在那栋祖先留下的老屋前举行。草坪柔软，极目海滩。那里有一棵茂盛的枫树，树叶婆娑。北德姐姐碧西的婚礼也曾在那棵树下举行。这天，北德姐姐是证婚人，她让太阳和北德在树下读了彼此的誓言。然后按中国传统一拜天地、二拜父母、夫妻对拜。这是太阳坚持要做的，北德也欣然同意。

晚宴是当地古老的传统烹调：用一种特殊香味的海草，放在烧红的石头里与海鲜一起烤。来宾们在草地上围成一圈，一边听大厨介绍一边观看烧烤和开锅的过程。掀开帆布的那一刻，那特殊的香味扑鼻而来。晚宴后是舞会，我和太阳跳了第一支舞《童年》。曲子是太阳选的，那是我们那一代年轻时流行的台湾校园歌曲。不知太阳为何选了这首歌，也许是跳起来比较轻松愉快，也许是对逝去童年的怀念。当然首先是要选一首中国歌曲。我们事先练了三遍，设置了一些变化的动作，因为怕忘记，还给每个动作取了名。由我边跳边发指令，如：转圈、搞里棒、划船、过渡等，后来陈丹燕也有点微醺地串入进来，迎来台下一片欢笑。太阳的表弟、表妹、桑妮亚、妮可、青青哥哥、刘晓华阿姨一家都千里万里赶来了，他们代表了太阳娘家的人。然后是年轻人的迪斯科。举杯邀月，通宵达旦。

让我欣慰的是太阳已融入美国社会，但仍念念不忘中国传统，保留着家族的陈姓。

妈妈

太阳婚礼前夜，她小时候的同学和好朋友都来了，那群小姑娘，挤在我房间里喝酒，唱歌，开玩笑，顺便帮太阳改婚纱。看着她的好朋友们，我依稀都还记得她们小时候的脸，只是现在，她们脸上的婴儿肥渐渐被年轻设计师们的聪明和果断代替了。

有人弹着吉他，唱着歌，猫王的情歌。

女孩子们喝着酒，渐渐喧哗起来，笑得好开心。

我的孩子明天就要出嫁了。她特地和北德在下午清净的时候，找到我们，两个嘻嘻哈哈的人，突然就跪在我们面前，说要给父母磕头。

北德笑嘻嘻地叫我"马"。

然后，太阳说："谢谢爸爸妈妈，我这就长大了。"

真的就长大了嘛。

自己可以旅行了呢。

自己可以带一个团队去世界各地寻找与苹果新品最相配的风景，拍摄了呢。

我还记得她十八岁上大学的时候说过，就是把她放在非洲，她也能活得很好，享受生活。

这就是一个妈妈带着她的孩子一起旅行的意义吧。

谢谢太阳，你让我觉得我这个妈妈当得太幸福了。

◆ 一夜之间，厚厚的积雪。（上图）

◆ 北德房间里的圣诞装饰。（下图）

◆ 这是两张1921年的照片，左面是北德五岁的外婆，右边是他的外婆的姐姐。原来让孩子与圣诞老人合影这桩事，在那个年代就流行起来了。（左图）

◆ 圣诞节的餐桌上，餐盘是新英格兰风格的，而餐巾与桌布是传统的瑞典麻布。（右图）

◆ 寒冷的空气将晒在外面的衣服弄得硬邦邦的。

太阳的旅行攻略

1998—2010—2017 年

鞋子和袜子

◆ 1998年：我总是准备一双最舒服的运动鞋和一双干净柔软的棉袜子，即便现在是在比康州要热得多的纽约。这两样东西会让人在步行的路途中感到脚很舒服，不让脚起泡和磨破，也不会让你整个人感到脚先累了。

◆ 2010年：这点绝对是任何旅行必需的，我至今还认为是一条黄金理论。如果要让它更完美的话，我说再多带一双袜子，以防雨天把脚弄湿。

随身必备

◆ 1998年：地图和零钱，每天临行的必备物。地图准备了，一定先学一学到底怎么看地图。首先要知道自己在什么地方，应该坐什么车去要去的地方。而且要在地图上先找出一条最快最安全的路线。钱包里也一定要先换好一些零钱，可以免掉好多麻烦。在纽约的快餐店，二十元以上，伙计是不肯收的，没有零钱，连汉堡都买不到。还有，在赶地铁的时候，有零钱的话就可以很快买到token（代币），赶最近的那一班地铁。而且，一个人着急的时候，就不会好好数钱，找钱时也很容易丢。小孩子旅游，手里零花钱总是不够的。所以，每一个quarter（分币）都不可以丢掉。

◆ 2010年：地图和零钱真的好用，到哪儿都是救命稻草，不过，现在在纽约，可以考虑不要用零钱买单程车票了。我小时候用的Token已经淘汰。尽量买一天的无限票，如果在一个城市久住，那买月票更经济实惠，所有的公共交通都施行月票的政策，从地铁，到公车，到渡轮。

◆ 2017年：在出发之前我会做一定的攻略，我喜欢问身边朋友他们的经历，听他们介绍 Lonely Planet（《孤独星球》系列）里找不到的更有意思的地方。我当然自己也会做research（功课），大部分在网上搜索，或者用instagram这样的社交软件，在这样一个信息时代里，只要你愿意去花一点时间，攻略是很容易做的。我常常会先搜索一下当地的历史人文，然后根据所得的信息再来决定去看哪些历史遗址。作为设计师，我也总会去各种博物馆（这个是去每个国家必然会做的）。也爱看小一些的画廊，因为那里常常有本地艺术家的作品，从中能窥探到更淳朴的当地文化。我很喜欢乱乱的集市，因为我觉得在当地人讨价还价买菜的地方，才能找到真正的土特产。还有更多的时候故意让自己走丢，因为我相信有意思的事总是在没有计划的时候发生。

我每次带的书都不一样，但是我总会带一本速写笔记本，这样在误飞机，歇息在某个广场或者在某个半山腰野餐的时候，我可以拿它出来写写画画。

三天要有一天off

◆ 1998 年：三天必有一天off的意思是，玩足三天以后，要休息一整天。这一整天也不是完完全全都睡觉的，这一天的事情也不少。

我们要写一点关于这三天下来旅行的笔记（也就是札记）。还要做一张时间表。这个表格要分好几类，先列出了这三天去玩过的地方，再要写下来买了什么东西，在哪里吃的三餐，算一算一共花了多少钱，算这一类的时候，要分吃的一类、玩的一类、车票一类和礼物一类。然后要写出来碰到了什么问题，怎么解决。做了这样一个表，就可以准确地知道，在这三天里你有没有浪费时间、浪费精力、浪费金钱了。还有一项也很重要的，回来之后要看一看你去过的地方留下来的资料够不够，自己玩过的地方有多少心得，去哪里看到些什么，记在笔记里，这才算是巩固了，以后不会忘记。

当然睡觉也重要，走了三天，很累了，在家里玩玩、睡睡、看看电视、吃吃冰激凌也很舒服。

◆ 2010 年：休息的话可以以个人的身体状态来调整，2到5天一次都是可以的，时间表可是一样重要的东西，有了它，可以在最短的时间内玩到最多的东西。定期算一下账，也是很聪明的做法。这样可以防止一下子兑换太多钱所损失的手续费，没想到十岁的我竟然有那样的经济头脑，看来我真是个小财迷。不过，妈妈总是说，这是她教给我的。她说她自己旅行时，常常找个喜欢的咖啡馆做这件事。一边休息，一边享受，一边计划。现在我想想，像妈妈那样，更享受一点，也许更好。不过，小孩总是比大人懂得节约啊。

要找到合适的问路人

◆ 1998年：在实在找不到目的地时，就必须要问路了。找一个问路人，也要仔细，不可以随便找个什么人就问。有四类人是千万不能问路的。一种是游荡在街头的不三不四的人，讲不定他们把你引到什么地方就"谋"了。第二种是老人，老人已经老了，不太走动，他们不会知道多少地方。第三种是小孩（指十二岁以下的），他们一共也没有走什么路，只有帮你指错路的份。第四种人，就是身份与你相同的旅游者，说不定他们还要来问你路呢！告诉你一个最适合问路的人，就是警察。

◆ 2010年：哈哈，看来我小时候在问路上吃了很多亏。真不知道，我为什么会举出以上四类不应该问路的人的例子。现在我想，当时一定是问过那样的人才举得出这些例子，这就叫血的教训。最适合问路的人呢，当然是警察啦，而且在纽约，警察遍地都是，不愁找不到。

不看目标就是安慰

◆ 1998年：最累的时候，走路不要看目的地，要看脚底下的路。当你的身体支撑力只剩下百分之零点几的时候，而目标在离你不远的地方了，你已经可以看见，这时，整个人就会突然一下子软了下来，优哉游哉要睡着了一样。怎么走，也走不动路。这种情况是每个人都要遇到的，特别是上小坡的时候。这时，怎么办呢？你千万不要看目标，只管看着脚下的路，不一会儿，就到终点了。而你会感到整个人不是那么累。

◆ 2010年：这个小诀窍不知道我当时是怎么琢磨出来的，一定是累得脖子酸得头也抬不起来了，只能低头走路时无意中发现的。尽管拿妈妈的话来说，是我瞎猫撞着死耗子了。但是不可否认，这可是一个重大发现，因为至今我都是用这个方法，在自己最疲惫的时候继续前进。

不光在旅行时这样，生活中也一样，我总是把自己的目标定得短而具体。让自己心里时时都能体会到完成计划后的成就感。我的生活就是由一系列小小的成就感连接起来的。这是我在小时候的旅行中最重要的发现。也正是这种小小的成就感鼓舞我一点点往前走的。

共同旅行的好处

◆ 2002年：我觉得大人和小孩在旅行的时候，一定要相互帮助才对。小孩在旅行时总有用不完的精力和勇气，可以一口气玩半天，也不觉得累。还回过头来笑笑地看着已经垂头丧气的大人，对他叫："你快点啊！"但大人真的知道正确的路线和目标，小孩如果没有方向乱走，也是很伤脑筋的。

所以，小孩和大人结合在一起旅行，是最好的。就像我和妈妈一样，她累了的时候，我可以鼓励她；我饿了的时候，她能立刻就找到最近的小餐馆，而且每次都是东西好吃，地方也漂亮。我们都喜欢意大利的小餐馆，那里的侍者总是又好看，又好玩，食物也每次都好吃。在那里，我们的心和胃都得到很好的安慰。

大人能让旅行变得很安全，小孩能让旅行变得有趣而且快乐。

◆ 2010年：亲子旅行的话，以上写的，也不是什么大不了的秘诀。大人和小孩的优点，都来自各自的天性，结合起来就是完美的旅行搭档。不但可以减轻疲惫、增加乐趣，还是互相交流、改善关系的大良药。我和妈妈都是个性鲜明的人，要不是一直在一起旅行，不得不共同对付外部世界，我们一定会吵得要死吧，也许会直接就把对方给气死了吧。

◆ 2002 年：在迪士尼乐园的米妮家，我发现她既是真的，又是假的。她家什么都有，厨房里甚至有微波炉，冰箱里甚至有吃的东西。这些当然都是假的，但都做得又像，又好看。我们在她家，却不能马上和她照相，因为她急着要上厕所，这是电影里没有的情节。她离开她的家，朝厕所的方向去，路上有个小孩跟着她，我们都不相信她还需要小便。她只好对我们使劲"贱贱"地笑，像在电影里一样，才摆脱了那个小孩。旅行到一个地方，是非常神奇的经历，好像做梦一样，又真实，又不。

◆ 2010 年：旅行是让人大开眼界的好时机，可惜有时欢喜，有时沮丧。真的来到了梦寐以求的地方，要是没有想象的一样完美，这时候可千万不要抱怨，也不要放弃下一次探险机遇。旅行美丽不只在到达的目的地，更多的美丽是目的地前的跋涉和一种寻宝的心情。

◆ 2017 年：我的灵感来源于生活中最不起眼的小点滴。我喜欢捕捉最普通的人，最一般的场景，一些缺乏美感的东西，似乎更能吸引我。好比阳光下飘在脏空气里的灰尘，打鼾的小贩，发霉的水果，我喜欢换一个角度来看这些，化腐朽为神奇地变成我的宝藏，设计和摄影的灵感来源。当然，旅游一定也是我灵感的来源，我喜欢被空降到一个新国度，语言文化都不通，这个时候我对周围的观察更加敏锐，更容易注意到不起眼的细节，大街上的人的容貌、穿着、举止、表情，当地的小吃、杂货店、旧货铺会让我激动不堪。我认为这些对我来说，比大好山河、美丽的自然风景更有魅力。

　　最近的一次是葡萄牙之旅。去时正值我最爱的季节，是那种微微出汗，又不觉得炎热的温度。虽然这是个我从未来过的国度，但是却有似曾相识的感觉。可能是晾在窗外花花绿绿的衣服和床单，让我想起了小时候上海的街道。

　　街口的面包店里总是聚集着当地的老人，坐在一起表情丰富地呱呱说话，虽然我听不懂他们的语言，但是我完全明白他们在八卦。这些店家好比上海夏天的弄堂口，带着自己的藤椅、蒲扇和茶杯的老人，总有聊不完的话。

住在我们 Lisbon（里斯本）和 Porto（波尔托）的 Airbnb（爱彼迎）里，在没有空调微热的夜晚，要整夜地开着窗才行，微风习习，能听见楼下人讲话和走路的声音，夹杂着狗吠与鸽子的咕咕声。也让我想起小时候住在五原路小北屋里的夏夜，半夜能听见风吹叶子的声音，以及看门人的哈欠。

而葡萄牙的地貌又让我错觉自己在旧金山，我如今常驻的城市，我的第二个家。它靠海的地理位置，海洋性气候，城中的山坡，著名的大桥与旧金山的金门大桥也是同一个设计师。当地的铛铛车也是与旧金山的一模一样。

葡萄牙的各种景象让人感到陌生又熟悉。我好比在做时空之旅，总是遇见 déjà vu（似曾相识），好比一个从未见过面的老友。

对自己也睁开眼睛

◆ 2002 年：我为什么喜欢在拉斯维加斯赌博的感觉呢？因为我不知足常乐。我总相信我能够得到更多，那些东西就在某个地方等着我，我得去见它们，去拿到它们。虽然这也许荒谬，但我似乎总是自得其乐，也许是我还小，目光不够远大，但现在我会对赌场一直充满希望和热情。在没来赌场以前，我从未想到我还有这种心思。旅行就是到一个地方，发现了自己。

◆ 2010 年：确实，旅行是发现自己、认识自己的好时候。

换个环境，换个语言说"你好"，会不会发现自己的胃更适合吃墨西哥玉米面饼呢？

会不会突然挖掘了自己绘画或者骑马的天分呢？

会不会发现其实会计专业的自己做冲浪教练更适合呢？

这无限的可能，也许将会在一次旅行中浮出水面。但是不必一定要立刻因为这些发现而改变自己，你可以继续回办公室去做你的会计，可是在你的心里，你欣慰地知道，某天如果不幸失业，印度尼西亚美丽的海洋，正在等待一位新的冲浪教练的光临。

◆ 2017年：很幸运从小时候开始就有机会与父母一起各处旅游，因为母亲也是一位背包客的原因，很早就对周游世界充满幻想。

　　大学时候有机会，因为游学以及慈善工作的原因和同龄人一起去墨西哥和秘鲁，更加巩固了要去看完整这个世界的想法。

　　绝对不是跟随旅行团和导游的那种。我喜欢尽量和当地人打交道，所以爱住民宿或者Airbnb。我喜欢去那些本地人吃饭的小店吃便宜又地道的菜肴，也总是会去当地的超市看看这个国家的人的日常用品，洗发水品牌啦，果汁啦，巧克力包装啦，以及当地的蔬果。这些东西总让人感到温暖，让人想起自己的家乡。我喜欢走路，或者使用公共交通工具。这样速度比较慢，但是有机会遇上陌生人，我喜欢与他们搭讪。

如何理解旅行的哲学

◆ 2017年：我认为哲学本身就是一种没有对错，非常抽象的思维方式。因此我认为，旅行的哲学是极其因人而异的。每个人都可以有一套不同的说法，自己的规律和习惯，并且随着时间的推移，有机地进化着。

西岸华工历史旅行线

父母赠予太阳的结婚礼物

2018 年

太阳婚礼在即，我们简直不知道要送什么礼物给太阳。她似乎什么都有了。

所以，我们决定要送一份中国父母独特的礼物，给一个在旅行中长大的孩子，一个世界主义的孩子。

我们在一位做西岸华人历史研究的朋友指点下，设计了一条华人淘金路的旅行线，准备在太阳婚礼前带她走一遍。但她实在太忙，最后没有成行。

所以我们自己去了一遍，为太阳做了这个旅行线路。

沿着美国河，一路走在49号公路上，我们找到了当年淘金者居住过的华人社区"乐居"小镇；这地方有个小咖啡馆，是原先华工的杂货店改成的。杂货铺里保留着十九世纪初的账本，杂货铺子的主人姓陈，从广东来，与陈丹燕祖父家的情况相仿。

去了有华人修铁路历史的萨克拉门托火车博物馆；在那里了解了华工逢山开路，遇河架桥的智慧和耐力。

到了十九世纪中后期华人较集中的奥本镇，我们见到了一家关闭了的华人博物馆，门上还留着一副对联：春夏秋东行好运，东南西北遇贵人。

在grass valley（草谷）遇见一对开旧书店的凯瑞夫妇，非常热心，带我们去参观了一家专门收藏华人遗留文物的小博物馆，在那里遇到了可敬可爱的老沃利并作了交流。他对那段华人历史有专门的研究，出了一本书。告别时他送了我们每人一个他自制的中国铜钱。凯瑞先生还开车领我们去了华人墓地，是中国南方式样的墓地，在夕阳的余晖下，我们拜谒了先人。

最后去了金矿发现地的国家公园。在那里我们得到了讲解者，一位小学退休女教师的热情接待，她开放了华人留下的中药铺给我们，我们得以走进去细看。一路上，这样的杂货铺子就是微缩的中国，中药铺子，寄件去中国的邮局，日用杂货，同乡会，甚至小庙宇和小赌场都混成一片，还有小饭店。国家公园想邀请我们在节日再来，穿上传统的中国服装，为参观者讲解中国杂货铺子里的中国智慧：淘金工人们常年在野外生活，常常得痢疾，只有中国工人从未得传染病，因为他们只喝热茶。有病了他们也只去中国铺子抓药。陈丹燕立刻把太阳贡献出来，说，我的孩子可以来当志愿者，她很好看，长得像迪士尼花车上的花木兰。

我们寻访了当年华人散住的Chinese camp（中国营）。

在内华达城，我们见到了一座老酒店，那里曾经住过马克·吐温和杰克·伦敦这样的美国作家。

在加州这片土地上，到处都有华人留下的足迹。那些保留着的灶台、橱柜、年画、毛笔写的账本……尚未被遗忘。

我们把这条旅行路线留给太阳，作为她的结婚礼物。希望不久，或不久的将来，她也能走一遍。沿途我们对书店老板，研究者，国家公园的讲解者以及小旅馆的主人一次次介绍自己的孩子，她叫太阳，她会在不远的将来，找时间来这里旅行。她要生活在美国了，我们希望她了解自己的根。

　　我们见到的人都点头答应说，嗯嗯，等她。

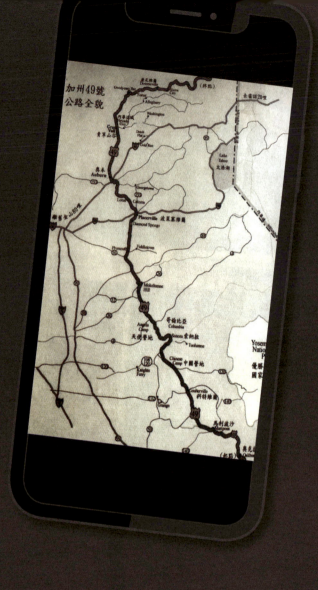

◆ 亲爱的太阳，这是我们做的那张加州华人历史踪迹的旅行图，不算完整，但是也咨询了吴伯伯，得到毛豆子无私的帮助。吴琦幸老伯伯当年带我们去圣巴巴拉看望艾文和他爸爸时，在车上跟我说了一路旅行，其实那时他就在探寻华人踪迹，寻找前来淘金的华人，前来修太平洋铁路的华人，留下种田的华人，聚集到唐人街继续开洗衣店和餐馆的华人，他们是美西华人的先驱者。我和爸爸决定要在你结婚定居美国之时，为你去做一条华人的旅行线，以备有一日你想要寻找华人在美西的历史痕迹，可以用到这条线路。你是一个成功的孩子，自立自强，其实不需要父母给多少嫁妆，这就算是一份精神上的嫁妆吧。

◆ 亲爱的太阳，我们在一个下午来到萨克拉门托的加州火车博物馆，这里是太平洋铁路的第一站。淘金热浪过去后，留下的华人一部分沿着美国河走向更深处，但更多的人去修建太平洋铁路。华工虽然不如爱尔兰工人能够负重，却心灵手巧，是好技术工，好厨子，好爆破手，好洗衣工。太平洋铁路翻山越岭最艰难的那一段，就是华工修建的。

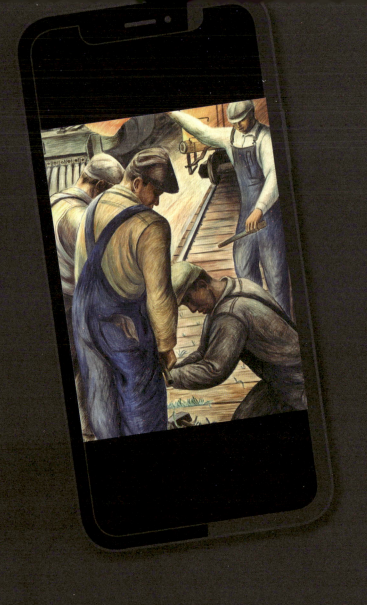

◆ 亲爱的太阳，在旧金山的 Coit Tower 里，我们看到了这幅图画，三十年代了，工人们还在继续修铁路，工人头上的辫子都剪掉了，作为华人，他们的身体语言也有了变化，这点与你一样，你的身体语言也有些变化，也许别人看你非常的东方，但我们看你，能看出你的变化。因为修铁路而致富的商人，建造了斯坦福大学。而爱尔兰工人们，华人工人们，也许还在继续自己修路的工作。他们的后代融入了美国社会，努力成为自己向往的样子。

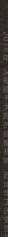

◆ 亲爱的太阳，这是旧金山的海湾，出去就是太平洋了，当年华工们都是从这里下船的。天使岛就在附近了，背井离乡，梦想着过好日子的中国人，就在这里上岸。和我们去天使岛移民局羁留所看到的情况一样，他们在木屋里等待被移民局准许登陆。我还记得我们一起去木屋的情形，木屋墙上刻满了中文旧体诗词，都是他们写下的。你离开上海的中学来美国时，还来不及学习旧体诗的韵律，所谓平平仄仄。我们两个人就在天使岛的木板墙上，学习了旧体诗的平仄规律，因为是用英文解释的，我觉得新奇，你觉得易懂。

◆ 亲爱的太阳，这是天使岛的移民局档案，你还记得吗？每个移民都有一个美国梦，这家人从一个女孩进入旧金山，如今发展到四代同堂，一家七十多口人。好像一棵树结下了累累果实。我们也有一个美国梦的，那就是你能够接受符合你本性的教育，不要在题海战术里迷失了自我，磨损了自己对生命的理想。如今我们的梦想也实现了，谢谢你，努力长大，热爱自己的学校和专业，做好自己爱做的工作，给了我们一棵开满花的小树。

◆ 亲爱的太阳，我们一路上寻找华工留在加州的痕迹，找到了好几处华工留下的杂货铺子。杂货铺子卖做中国菜需要的一切，包括碗筷和炒菜的圆底铁锅，也卖抓中药需要的各色草药和煎药的砂锅，还卖各种赌具，以及鸦片。同时杂货铺还是邮局，给华工的家信都投递到那里，所以，杂货铺也可以说是一个同乡会，或者俱乐部。

◆ 亲爱的太阳，乐居镇保留着许多有趣的华人生活的痕迹。在那里的杂货铺，我和爸爸找到了一百多年前的中文账本和华人的花名册，杂货铺的老板居然也姓陈，也是广东来的，和外公家相去不远。现在杂货铺已经成为一家咖啡馆了，老板娘给我们做了咖啡喝，聊起天来，她很高兴地鼓励我去探寻陈家的历史，等我们告诉她，在中国姓陈，就好像在美国姓贝克，她才表示了遗憾。

◆ 亲爱的太阳，这就是奥本镇上的那家小博物馆。一路上，偶尔会遇到零星的东方脸，他们常常连一句中文也不会讲了。但是他们还是小心翼翼地在街上走着，看着，让我想到在天使岛留言本里看到的，用英文写的留言，感恩长辈当年的勇敢和忍耐。我想这些默默打量着如今偏远小镇的人们，有些已是白发苍苍的了，他们就是天使岛上写留言的那些人吧。他们来寻根了。有一天你也会这样做的吧。

◆ 亲爱的太阳，这是草谷的历史协会办公室，我们在这里买了书，还买了一小块纪念金币给你。在这里我们遇见了一个老人，他叫沃利。他做了许多年为照片里的华工寻找姓名的工作，真的不知道他怎么能完成这样艰难的工作。华人的名字不好记，华人的社会地位又低，所以，人们只叫华人"中国人"，不愿意记住他们各自的名字。沃利秉持一种令人感动的尊重和平等，他说每个人都应该有名字。小博物馆的墙上，华人的照片下，都标着他找到的名字。他还做了许多中国铜板，送给来参观的人，特别是我们。他也特别送了一枚给你，还有北德。他说，这是幸运铜板。

不知道为什么，在分手再见时，我们都很舍不得对方，我哭了。

◆ 亲爱的太阳，跟着吴伯伯给我们的讲解，跟着铁路，我们进了大山。山路陡峭，密林一团漆黑，毛豆子开得心惊肉跳。一度开到开阔的坡上来，我们大家都欢呼起来，可一转弯，又进了另一个漆黑的山头。导航到底顶用，我们终于到了密林深处的这个叫美国河的小客栈，它是修铁路的时候留下来的。床好高，上床要踩三格梯子。一切都古色古香的，洗手间留着一股奇异的香艳气氛，玻璃上罩着蕾丝，浴帘上罩着蕾丝，厕纸筒上罩着蕾丝。后来听说，这里也曾是修路大军的疗养院，以及"夜里工作的小姐"的房子。哦啦啦。如今他们的早餐很好吃。

◆ 亲爱的太阳，这是著名的中国营地，靠近优胜美地了，地貌非常优美，黄草深深，路上常常能看到花纹华丽的墨绿色岩石，据说这里还有很好的矿脉。淘金时代一度兴旺的小镇，如今完全凋败下来。我们进镇子去看了看，主街的样子还在，但到处都是废弃的房子，凉亭中央长出了大树，地板上长满了高高的草。简直让人想到《诗经》里古老的喟叹。

◆ 亲爱的太阳，在哥伦比亚国家公园里，我们找到了一处华人墓地。那里曾经也是淘金时代的华人小镇。现在只有华人的坟留下来了。我们去为他们扫了墓。所谓扫墓，也是没准备好的，没有线香，没有供品，甚至也没有带一朵花来。只是摘来一些草，擦了擦他们的碑而已。在加州的大太阳下，石碑很烫手，令人感到一种焦灼——中国人到底是讲究落叶归根的。在洛杉矶附近，我曾经跟吴伯伯去看了一处华人坟场，那时从美国河沿岸运出来的华工棺材，准备要在旧金山搭船回中国的，可不知道为什么就滞留在半路上，就地埋了。统一做的小石碑，让人感到格外荒凉。

来美国寻找梦想的人们都活得不容易，但是毕竟活得积极主动，而且顽强。我希望他们是安息了的。

◆ 亲爱的太阳，还记得这个小纸片吗？2010 年，旧金山，天使岛移民局旧址，我们写的留言。

祝福你。愿你生活如意。

1998年纽约部分初稿完成

2002年美西海岸初稿完成

2010年夏完成纽约部分二稿

2017年冬完成美西海岸二稿

2018年完成全书

2014 年 2 月出版

◆ 全书分三个章节，总览陈丹燕二十年旅行经验，向读者展示了她用自己的双脚细细丈量出的世界地图——这不仅仅是地理上的地形图，更是精神世界里，用亲历的历史地标、哲学家的课堂、文学名著描绘过的故事发生地以及艺术作品在画面和音乐中呈现过的地域气质等元素构建的心灵地形图。陈丹燕用这些为自己创造出一个奇妙新世界，并细致地描绘了它和它的哲学意义。在本书中陈丹燕探讨旅行的艺术和意义，带领大家去体会如何在旅行中获得精神上的成长，如何形成自己的旅行经验及旅行的世界观。

　　她对这个世界的总结是：先要观世界，方有世界观。

2014 年 4 月出版

◆ 陈丹燕以自己深厚的文化积淀，用细腻深透的笔触，向我们展现了她游历过的世界各地有名和无名的各色咖啡馆，一座座堪称伟大的咖啡馆的渊源、一间间喷香店堂散发的情调和一位位饮客的神貌，更配有一幅幅层次丰富的图片和独具创意的细节装饰，使整本书弥漫着如咖啡般浓郁的文化醇香。在本书中，读者品味到的不仅是陈丹燕在世界各地的咖啡馆迁徙，从伊斯坦布尔最老的君子们咖啡馆，到巴黎最早的咖啡馆，再到威尼斯最老的咖啡馆，从伊斯坦布尔的书香，到巴黎的革命遗风以及威尼斯贵族的颓废野心，咖啡馆更是陈丹燕观看历史地理的世界的课桌。

2014 年 10 月出版

◆ 这是一本记述独自旅行的陈丹燕如何度过在异乡无数夜晚的散文集。她用小说化的技法描绘了她住过的地方。独自旅行的人，尝试着融入陌生之地——从借宿地开始。雪泥鸿爪知何似？时光流转，当陈丹燕再次回到当初游历过的地方，等待她的是老朋友的离去和新生命的降临。她甚至与二十年前看到的种在花盆里的小树苗相逢，此刻它已是一棵长到了天花板上的大树。相逢恰是异国友人为她提供的借宿小床，却也是她给漂泊他乡的读者带来的慰藉与鼓励。因此，今晚去哪里，并不是人生旅途中的彷徨无依，而是会心一笑的久别重逢。

2015 年 3 月出版

◆ 这是陈丹燕在世界各地旅行时用所见所想汇集成的随笔集。注重旅行中
的细节，就好似手握放大镜来看世界；对细节的注目与体会，是决定你能
否记住一次旅行的重要因素。一次旅行，往往是因为有了这样一些难忘的
细节，才让你深深记住了彼时一段生命如何度过。书中记录的细节与照片
大多已随陈丹燕经历了二十年的沉淀和思索，也是帮助她渐渐在旅行中观
察世事、了解自我、形成自我的旅行方式。在她看来，对内部的自我和外
部的他者的世界，每个人都是一点一滴地了解，生命也就是这样一点一滴
地成熟，并且终于在旅途中找到一个更好的自己。

陈丹燕
旅行汇

令人着迷的岛屿

陈丹燕

浙江出版联合集团
浙江文艺出版社

2016 年 1 月出版

◆ 这是陈丹燕自2004年至2013年之间四次爱尔兰旅行后所记录下的旅途
故事。她像回到故乡一样行走在爱尔兰的峡谷和海岸线上,感受这个值得
热爱并怜惜的国家。指引她前往那些绿岛秘境的,是乔伊斯的小说,王尔德
的趣味,酋长乐队的笛声,奥康纳和U2的歌声,贝克特的戈多以及叶芝在
二十世纪写下的诗歌……这些植根于天涯海角的凯尔特悠远而神秘的文化
遗存,这些无与伦比的精神花朵,让陈丹燕触摸到了爱尔兰如井中活水般生
生不息的文化根魂。陈丹燕于十年之间在大西洋中翡翠岛的旅行,是她在鲜
花盛开的乡野古城的惬意漫游,更是对古老民族如何对待传统的深邃观察。

2016 年 1 月 出版

◆ 这是陈丹燕欧洲旅行最初的旅居地，因此她在日后描写这片说南部德语的地区时，带着初次面向欧洲时，一个从没有私人旅行证件的国家而来的中国年轻女子的敏锐感觉。在旅行中，家乡凋败的欧洲式街道，以及她带有短波的国产收音机，与南部德国富足到窒息的日常生活、奥地利的蓝色多瑙河互相流动。弗洛伊德医生家的红色沙发，施特劳斯的圆舞曲，茨威格的小说，克里姆特的金衣女子肖像以及他如今寂静无人的画室，还有皇宫里茜茜公主窗上的黑暗，皇宫墙外哈维卡咖啡馆刚出炉的李子蛋糕，这些无不指向陈丹燕心中的上海。这是一部充满意识流动交融的城市笔记，陈丹燕用小说的技法记录了中国走向世界的背包客的旅行线 —— 地理的和心理的。

捕梦之乡

陈丹燕

2016 年 8 月出版

◆《哈扎尔辞典》是二十世纪欧洲小说的高峰之一。陈丹燕以一个中国作家、东方读者的身份来到小说的故乡，从地理和历史的角度挖掘了帕维奇笔下关于巴尔干和小亚细亚一带地区宗教、战争、民族等问题的始末沿革。这一次次因为阅读而开始的出行，带来了一场场"相遇"——远方读者与文学大师的相遇，疯狂追梦的旅行家与自我心灵的相遇——旅行和阅读不就是一个与自身相遇的过程吗？当作家陈丹燕踏上《哈扎尔辞典》的土地，来到这个静谧宗教与喧嚣炮火交织的异域世界，小说中的一切都变得触手可及和顺理成章，虚构与真实在这里失去了原有的界限。即便是那些遗落在小说里的蛛丝马迹，也在真实史料中显露出超越故纸的意义。

2016 年 8 月出版

◆ 陈丹燕带着二十世纪欧洲文学的高峰之一——《尤利西斯》开启了她的旅程。踏着主人公布卢姆在 1904 年 6 月 16 日的漫游足迹，陈丹燕在爱尔兰完成了一场文化与历史、文学与地理的深度阅读。

　　2013 年初夏，布卢姆日，陈丹燕遇见着迎着乔治教堂的晨光去买羊腰子的"布卢姆"，与穿着灰蓝色短大衣的"舞蹈老师"前后脚经过一家鲜肉铺，而长裙飘飘的"诺拉"在红砖墙下倏然而行……书中的人物走进了现实，陈丹燕个人的驰想与遐思则进入了书中。

　　在陈丹燕笔下，1904 年的都柏林与 2013 年的都柏林相互对照，相互呼应，相互融合；二十世纪七八十年代的上海与如今的都柏林同样以一种奇异的方式连接在一起。陈丹燕以其独特的旅行方式，完成了她作为一个欧洲小说爱好者的阅读。

2016 年 11 月出版

◆ "你要去哪里呀?"

　"北极。那是很冷的地方哦。"

　"是吗? 有多冷?"

　"比冰箱的冻格还冷。"

　"那你还能活吗?"

　"能。我有去月亮的人穿的那种厚衣服。"

　这是陈丹燕前往北极斯瓦尔巴德群岛前,向她九十多岁的姑母辞行时的对话。她的姑母不认识字,从小将她带大,不肯想象自己视为珍宝的人,如今要到那么寒冷的地方去住几天。陈丹燕去到北极,彻夜听着冰川融化坠落发出的声响,看着漫卷长空的北极光,在这冰天雪地中,找到了一个强悍伟大的自然。

2018 年 8 月出版

◆ 一对夫妇，曾是华东师范大学七七级中文系的同学，一起上的俄罗斯文
学课，这个开始于1979年的课程为他们带来了深远的俄罗斯文学影响，贯
穿了他们少年时代对俄罗斯诗歌的喜爱，并引导了他们青年时代在大雪纷
飞中，在俄罗斯的旅行，甚至也引导了二十四年后他们对波罗的海的旅行。

　　这对夫妇在俄罗斯的旅行开始时就约定，各自记录自己的旅行日记，
不交流，等旅行结束后将各自的日记交付编辑出版，他们是在日记出版后
才读到对方写了什么。当年他们交付给自己大学的出版社，编辑就是留校
的同级同学，作序的正是当年教授俄罗斯文学的教授。

　　从日记上，能看到，旅行中朝夕相处的夫妇，内心对俄罗斯的感受竟
然如此不同，然而又是相通。

图书在版编目（ＣＩＰ）数据

跟屁虫进行曲 / 陈丹燕，陈太阳著. -- 杭州：浙
江文艺出版社，2019.6
 ISBN 978-7-5339-5698-1

 Ⅰ.①跟… Ⅱ.①陈… ②陈… Ⅲ.①散文集－中国
－当代 Ⅳ.①I267

中国版本图书馆CIP数据核字(2019)第097539号

跟屁虫进行曲
GENPICHONG JINXINGQU
作者：陈丹燕　陈太阳
责任编辑：诸婧琦
营销编辑：张恩惠
装帧设计：杨林青×彭彭
印装监制：朱国范
出版：浙江文艺出版社
地址：杭州市体育场路347号
网址：www.zjwycbs.cn
经销：浙江省新华书店集团有限公司
印刷：上海中华商务联合印刷有限公司
版次：2019年6月第1版　2019年6月第1次印刷
开本：880毫米×1230毫米　1/32
字数：224千字
印张：10
插页：3
书号：ISBN 978-7-5339-5698-1
定价：68.00 元